## Anuschka ist einsam und traurig
## Warum wird sie
## von der Klasse ausgeschlossen?

Es ist Montag. Ein Montag im Juli. Und die Sonne scheint auf die kleine Stadt Obernburg. Und sie scheint auch auf den kiesbestreuten Platz vor dem Obernburgischen Realgymnasium für Mädchen. Im Moment ist es still auf diesem Platz. Ein Spatz spaziert den Strichen nach, die Kinder mit einem Stock in den Kies gezeichnet haben – ein Himmel-und-Hölle-Spiel von gestern oder vielleicht auch von der großen Pause.

12 Uhr 45. Schrilles Klingeln schellt aus dem Schulhaus, kündigt das Ende der fünften Stunde, das Ende eines langen, heißen, für Lehrer und Schülerinnen gleicherweise mühsamen Vormittags an.

Zwei Minuten später tauchen die ersten Mädchen hinter der Glastüre auf, treten hinaus in die grelle Helligkeit, ein wenig geblendet, erleichtert, mit hellen und dunklen, klaren und heiseren Stimmen durcheinanderredend. Und durcheinanderlachend. Es sind die Mädchen der 6b, die heute pünktlich Schluß machen konnten. Ihre Klassenlehrerin, Fräulein Apfelroth, hatte genauso wenig Lust wie sie, den Unterricht auch nur eine Minute länger auszudehnen.

„Kinder, endlich ist der Zirkus rum, zumindest für heute!“ seufzt Brigitte und wirft die schulterlange, strohblonde Mähne zurück.

„Ich dachte, ich werd wahnsinnig, wenn die ‚Apfeline‘ noch fünf Minuten länger den Chemie-Mist verzapft!“

„Ja, ich war auch schon ganz kribbelig, dabei ist die ‚Apfeline‘ eigentlich nicht übel... aber bei *der* Sonne!“

Christel, klein, rundlich, mit rotbackigem Kindergesicht, hüpft neben ihr die Stufen hinunter.

„Wißt ihr, worauf ich jetzt Lust hätte?“ ruft Katrin dazwischen, mit ihrer dunklen Stimme, die sich überall Gehör verschafft.

„Na, worauf denn schon? Sprich dich aus!“

„Auf ein Eis. Ein Erdbeereis vom Simmer!“

Katrin schüttelt die schwarzen Haare und wischt achtlos mit ihren festen Halbschuhen, Größe 39, die Striche des Himmel-und-Hölle-Spiels aus. Die Mädchen der 6b sind an derart kindlichen Spielen nicht mehr interessiert. Im allgemeinen wenigstens. Nur manchmal finden sie es „wahnsinnig schick“, sich einen ganzen Nachmittag lang gerade mit diesem sonst so verachteten Spiel zu verlustieren.

„Klar, Katty, wir hätten auch Lust. Aber jetzt... vor dem Essen zu Simmers Kiosk? Unsere Eltern warten doch alle auf uns mit dem Essen.“

Das ist Elena, ruhig, sanft, mit einem lieben Gesicht, das man später einmal, wenn sie zwei oder drei Jahre älter ist, als Madonnengesicht bezeichnen und bezaubernd finden wird.

Britta, allgemein nur Bixi genannt, noch auf der obersten Stufe stehend, springt mit einem Satz alle drei Stufen hinunter. Sie wirft den Freundinnen von hinten die Arme um die Schultern, so daß Katty und Maria, die auch Musch genannt wird, zusammenzucken. Bixi lacht lauthals. Sie lacht fast immer, Bixi mit den roten Haaren, den goldgesprenkelten Augen und den, wie sie behauptet, 399 Sommersprossen im Gesicht. Sie ist der Clown der Klasse, die Anführerin bei allen gemeinsamen Unternehmungen, auch bei allen dummen Streichen. Bixi ist einfach „in“, sie ist *die* Bixi aus der 6b. Jetzt kraust sie die sommersprossige Nase und erklärt: „Kattys Idee ist prima. Ich möchte auch ein Eis vom Simmer! Wollen wir nicht alle zusammen einfach rasch hinfahren? Mit den Rädern sind wir in drei Minuten da. Dann schlecken wir unser Eis – ich möchte übrigens das giftige grüne Waldmeister-Eis, ja, und danach rasen wir alle heim wie die Irren. Die zwanzig Minuten werden unsere alten Herrschaften wohl noch warten können. Bei uns gibt's sowieso bloß aufgewärmte Reste vom Wochenende, da bin ich nicht scharf drauf. Was meint ihr? Wer kommt mit? Katty?“

„O. k., selbstredend!“

„Musch?“

„Klar. Wir essen sowieso erst später.“

„Tipsy? Gigi? Titinchen? Knautschi?“

„Ich weiß nicht... na ja..."
„Meine Mutter schimpft..."
„Ach du, sei doch kein Spielverderber. Wir fahren alle! O. k.?" Bixi wirbelt einmal im Kreis herum und läßt die gesprenkelten Augen blitzen. „Und heute nachmittag treffen wir uns wie üblich im Strandbad. Um drei. Damit wir die Mathematikaufgaben von Musch abschreiben können. Und die englische Übersetzung für morgen hab ich fertig, die diktier ich euch. Also los, auf die Räder."

Kies knirscht, Lachen schallt von den grauen Hauswänden zurück, mehr oder weniger schlanke Mädchenbeine stürmen auf die Fahrradständer unter den Linden zu. Die Kleinen, Neunjährigen aus der 4. Klasse, die als nächste durch die Glastüre ins Freie treten, blicken den „Großen" ehrfürchtig, neidisch, bewundernd nach. Ach, wenn man doch schon so weit wäre wie die aus der sechsten!

Noch jemand blickt den lachenden, rennenden, haareschüttelnden Mädchen neidisch nach, aus traurigen dunkelblauen Augen, denen eine Spur von salziger Nässe einen besonderen

Glanz verleiht. Anuschka. Sie steht auf der obersten Stufe, schaut den Mädchen nach, macht eine Bewegung, als wollte sie hinter ihnen herlaufen, beißt sich dann auf die Lippe. Nein, Unsinn. Was soll's! Niemand hat sie gefragt, ob sie mitkommen will, und dann, sie hat ja auch kein Fahrrad, außerdem kann sie nicht radfahren. Gar nichts kann sie. So ist es eben. Verdammt! Anuschka blinzelt in die Sonne, fährt sich mit der linken Hand über die Augen – ist es der Staub, der brennt oder sind es Tränen? Ach wo, keine Tränen, wieso denn, sie wird doch nicht weinen wegen den Gänsen da, oder wegen einem wässerigen rosa oder grünen Eis aus dem Kiosk vom Simmer. Sie kann sich auf dem Heimweg ein gutes Vanilleeis in der Venezia-Eisdiele kaufen, es kostet auch nicht mehr...

Anuschka steigt langsam die Stufen hinunter. Eine Spur zu langsam für ein lebhaftes elfjähriges Mädchen. Sie wirft das lange schwarze Haar zurück. Und sie bemüht sich, das rechte Bein nicht allzu sehr nachzuziehen. Obwohl sie sich ganz auf dieses Bein konzentriert, so sehr, daß sie glaubt, sie müßte es bis in das schwache, kranke Fleisch, bis in die hilflosen Muskeln spüren. Das Bein in den abgewetzten Blue jeans bleibt kühl und dünn, staksig, gefühllos, schwerfällig, obwohl es vogelleicht ist...

Anuschka überquert den Kiesplatz, sie hält die Schultasche fest unter den Arm geklemmt, die Sonne zaubert funkelnde Reflexe auf ihr schwarzes Haar, und sie riecht den Duft der Linden und denkt: schön! Und sie hört die Mädchen lachen und fühlt wieder einmal wie so oft, daß sie ausgeschlossen ist aus ihren lustigen und albernen und dummen und wunderbaren Spielen und Scherzen und Blödeleien. Sie gehört zwar zur 6b, aber im Grunde ist sie ein Fremdkörper in der Klasse, wie ihr Bein ein Fremdkörper an ihr ist, fremd und häßlich, fremd an ihrem sonst so gesunden und kräftigen, sonnengebräunten Körper.

„Kannst du mir Geld leihen für ein Zitroneneis?" klingt Susannes etwas grelle Stimme vom Fahrradständer herüber.

„Klar, Suschki, wenn ich es morgen wiederkriege..." Das ist Michaela. Sie heißt mit ihrem

Spitznamen Schwanzerl, wegen ihrer kurzen, steifen Zöpfe, die sie so schön findet.

„Beeilt euch, seid nicht so fad... es ist ja gleich eins!" Bixi hört man überall heraus, ihre Stimme ist hell, laut, fröhlich, sorglos. Bixi. Ja, Bixi.

Anuschka wischt sich noch einmal Staub oder nicht eingestandene Tränen aus den Augen. So wie Bixi müßte man sein. So frei. So ungehemmt. So im Mittelpunkt. Bixi ist glücklich.

Möchte ich wirklich sein wie Bixi, fragte sich Anuschka, während sie langsam die Kurfürstenstraße entlanggeht. Wenn ich ehrlich bin, nein. Bixi denkt nicht. Oder fast nicht. Nein, das ist ungerecht. Bixi denkt schon, aber nur manchmal, Bixi ist zu glücklich, um viel nachzudenken, sie hat alles: nette Eltern, ein schönes Zuhause, die Freundschaft und Bewunderung der ganzen Klasse, die Sympathie der Lehrer und dazu noch einigermaßen akzeptable Noten. Das heißt, vielleicht möchte ich doch so sein wie Bixi, vielleicht möchte ich Bixi sein, überlegt Anuschka. Es wäre alles viel leichter.

Die Ampel am Stadtplatz steht auf Rot. Es riecht nach Benzin und Sommer und immer noch irgendwie nach den Linden vor dem Schulhaus. Bixi ist vielleicht nicht sehr interessant. Aber sie hat keine Probleme. Und ich habe nur Probleme. Anuschka kaut an ihrer Unterlippe. Es tut weh, aber sie kaut absichtlich weiter. Soll es weh tun. Es gibt so viele Dinge, die ihr weh tun. Das Bein vor allem. Nicht, daß es wirklich weh täte, schmerzen würde. Nein, das nicht, aber es ist ein lahmes Bein, da hilft alles nichts, auch Hosen nicht oder Maxiröcke, die den Mangel verdecken. Die Kinderlähmung damals – warum mußte gerade *sie* angesteckt werden? Sie und nicht Bixi oder Suschki oder Musch oder Schwanzerl oder wie sie alle heißen. Alle haben sie einen mehr oder weniger netten, lustigen Spitznamen. Nur sie nicht.

Anuschka. Ein schöner Name. Sie mag ihren Namen. Sehr sogar. Aber sie würde alles dafür geben, gesteht sie sich ein – die Ampel wechselt auf Grün, Anuschka überquert die Straße –, wenn die Mädchen der 6b sie mit irgendeinem albernen Spitznamen anreden würden. Dann würde sie wissen: Ich gehöre dazu. Aber keiner sagt so etwas zu ihr, keiner nennt sie Nuschka, oder Anusch oder Nuschi oder Anni oder Annika oder egal wie... Alle sagen Anuschka, die Lehrer und Mutti und auch alle Mädchen. Niemand macht sich die Mühe, einen Spitznamen, einen Kosenamen für sie zu finden. Paps, ja, er war der einzige. Er hat sie Joujou genannt, Spielzeug heißt das auf französisch, blöd im Grunde, aber es klang lieb. Damals. Lange her. Wirklich, ist es so lange her? Nun ja, drei Jahre. Drei Jahre sind eine Ewigkeit, wenn man jetzt elf ist und damals acht war. Damals, als Paps und Mutti sich scheiden ließen. Seit drei Jahren ist Paps fort. Einmal hat sie ihn noch in den Ferien besucht, droben in Hamburg. Aber es war nicht schön gewesen bei Paps, ihrem Paps und der fremden Frau, die sie Ursel nennen sollte und Paps neue Frau war. Paps war auch fremd geworden und diese Ursel! Nun, ich will nicht ungerecht sein, denkt Anuschka, aber ich konnte mich nicht mit ihr anfreunden. Vielleicht war es meine Schuld, aber heute ist das beinahe egal. Paps und Ursel haben ein neues Baby, sie interessieren sich nicht mehr für mich, Paps hat mich auch nie mehr eingeladen...

Mit dem leicht schleppenden rechten Bein wandert Anuschka durch den Stadtpark, das ist der kürzeste Weg für sie, um nach Hause zu kommen. Auch hier blühen die Linden.

Als sie am Café Venezia ankommt, bleibt sie stehen und kauft sich ein Vanilleeis. Und während sie genüßlich die Eiscreme schleckt, fällt ihr ein, daß sie wohl die einzige der Klasse ist, die unbeschwert hätte mit zu Simmers Kiosk fahren können – wenn man sie eingeladen hätte mitzukommen, wenn sie radfahren könnte, wenn, wenn... Alle anderen werden daheim erwartet, sie werden wahrscheinlich ausgeschimpft werden, wenn sie zu spät zum Essen erscheinen. Auf Anuschka wartet niemand. Ob sie gleich um eins heimgeht oder erst um drei Uhr, bleibt ganz ihr selbst überlassen. Die Mutter arbeitet als Buchhalterin in einer Fabrik etwas außerhalb der Stadt. Sie ißt mittags in der Kantine und kommt nie vor sechs Uhr abends nach Hause. Dann ist sie meist müde.

Ich begreife, daß sie müde ist nach einem langen Bürotag, geht es Anuschka durch den Kopf. Sie schleckt mit der Zungenspitze den letzten Eisrest aus der Waffeltüte. Aber *muß* sie jeden Abend vor dem Fernseher sitzen bis es Zeit ist schlafen zu gehen? Immer, wenn ich ihr etwas erzählen will, wenn ich mit ihr reden möchte, läuft gerade ein spannender Krimi oder eine Show mit Peter Alexander oder sonst was. Oder sie geht mit ihren Freundinnen aus, Kolleginnen aus der Firma. Wenn die Damen sie abholen oder mal zu Besuch kommen, ist Mutti ganz anders als sonst, gar nicht müde, sondern richtig aufgekratzt. Ich verstehe, sie hat es nicht leicht, seit Paps fortgegangen ist, und trotzdem... Anuschka stopft sich die leere Waffeltüte auf einmal in den Mund und kaut mit vollen Backen daran. Muttis Leben ist wohl nicht sehr glücklich, denkt sie. Aber mein Leben ist einfach gräßlich. Kein Mensch kümmert sich um mich. Ich habe niemanden, keine Freundin, nicht einmal einen Hund. Denn wer sollte sich um ihn kümmern, während ich in der Schule bin. Ach, schließlich wäre ein Hund auch kein Ersatz für eine Freundin, für einen Menschen! Zum Teufel mit allen!

## Der Grünsee ist der schönste Platz Anuschka hat eine seltsame Begegnung

Am Nachmittag beschließt Anuschka, wieder einmal zum Grünsee hinauszugehen. Sie ist schon lange nicht mehr dort gewesen. Eigentlich ist der Grünsee gar kein richtiger See, nur ein kleiner, fast kreisrunder Weiher mitten im Wald. Grünsee heißt er, weil sein Wasser eine eigenartig leuchtendgrüne Färbung hat. Giftig grün, sagen viele Leute. Um den Grünsee gibt es eine Reihe von alten Sagen und Geschichten, von Elfen und Nixen und Wassermännern, die hier irgendwann einmal irgendwem erschienen sein sollen, vor Hunderten von Jahren. Ein Schriftsteller aus Obernburg hat sogar einen kleinen Band herausgegeben, in dem alle diese geheimnisvollen Geschichten um den Grünsee gesammelt sind. Man kann das Buch für 5,80 DM kaufen, und in den Schulen wird den

Kindern gern am letzten Schultag vor den Ferien daraus vorgelesen. – Schließlich kann man an diesem Tag nicht mehr mit gutem Gewissen von den Jungen und Mädchen verlangen, daß sie sich auf Mathematik konzentrieren, und schließlich sind die „Geheimnisvollen Geschichten um den Grünsee“ so etwas wie Heimatkunde.

Ja, giftig grün, smaragdgrün, ist der kleine Weiher. Die Farbe stammt von einer besonderen Algenart, die in dem Wasser gedeiht; warum gerade hier, weiß keiner. Jedenfalls ist der Teich sehr grün, sehr kalt, sehr tief und bei den meisten Leuten als Badesee nicht beliebt. Da er fast völlig im Schatten liegt, erwärmt sich das Wasser auch im Hochsommer kaum, und es gibt wenig Stellen, an denen man sich sonnen kann. Außerdem – dieses schillernd grüne Wasser ist doch ein bißchen komisch, meinen viele, und dann soll es Kröten dort geben, besonders große, dicke, ekelhafte, denen möchte man keinesfalls begegnen.

Daher hat Anuschka ihren Lieblingsplatz am Ufer des Weihers, ein kleines, von Büschen und

Schilf an drei Seiten eingerahmtes Wiesenstück, fast immer für sich allein. Das ist einer der Hauptgründe, warum sie gern hier sitzt. Niemand stört sie. Allein ist sie ja immer. Auch dann, wenn sie mit ihrer Klasse im überfüllten Strandbad am großen See läge, wäre sie allein. Wenn sie sieht, wie die anderen fröhlich sind, Spaß haben, sich miteinander amüsieren, mit Freunden, mit Eltern und Geschwistern. Dann tut es noch viel mehr weh, daneben zu stehen und zu fühlen, ich bin ein Außenseiter, mich will niemand dabeihaben, ich habe keine Freunde, mit denen ich lachen und herumalbern kann. Das hat Anuschka längst herausgefunden. Und so zieht sie sich am liebsten zurück wie eine empfindliche, kleine Schnecke in ihr Haus. Sie fragt die anderen Mädchen ihrer Klasse nicht, ob sie mitkommen kann, wenn irgendeine gemeinsame Unternehmung geplant wird. Und sie verbringt die schönen Sommernachmittage lieber allein hier am Grünsee. Mit einem Buch, manchmal auch mit einem Zeichenblock. Sie malt gern, obwohl sie weiß, daß sie nur nette kleine Bildchen, nichts Besonderes, zustandebringt. Manchmal liegt sie auch nur auf dem Rücken im Gras, schaut in den runden Ausschnitt des Himmels zwischen dem Kranz der Tannen, kaut an einem Grashalm, träumt den Wolken nach, die im Blau dahinziehen, bis ihr fast ein wenig schwindlig wird.

Anuschka biegt von dem allgemeinen Waldweg ab, schlägt ihren „Privatweg" ein, eine schmale kaum erkennbare Trampelspur durch die Brombeerbüsche. Es riecht nach Wald, nach Moos, der Duft von Pilzen schwingt mit – es hat viel geregnet in der letzten Zeit, da wachsen die „Schwammerl". Anuschka bückt sich nach zwei lachsrosa Täublingen und pflückt sie ab, ehe sie im Brombeergebüsch untertaucht. Sie kennt sich aus mit Pilzen, das hat Paps ihr noch beigebracht. Die Täublinge will sie heute abend braten. Mit Rührei. Hmm... köstlich!

Süßer, heißer Duft in den Brombeeren, eine flammende Sonnenbahn glänzt und sprüht, sie erscheint noch leuchtender hier mitten im Schatten des Waldes. Wie war das heute in der Geschichtsstunde, geht es ihr flüchtig durch den Kopf. Da war Napoleon dran gewesen. Napoleon, der gesagt hat, er würde seine Heimatinsel Korsika mit geschlossenen Augen an ihrem Duft, am Duft der Macchia erkennen. Anuschka hat diese Vorstellung hübsch gefunden. Und... ja, sie würde wohl auch mit geschlossenen Augen den Duft der bayerischen Wälder überall erkennen, diese Mischung aus Tannenaroma und Sonnensüße Schattenfrische und herbem Pilzgeruch.

Gott sei Dank, die „Geheimwiese“ ist leer. Anuschka wirft ihre Tasche und ihr Buch auf den Boden, schlüpft aus den Sandalen und läßt sich mit einem Seufzer des Behagens ins Gras fallen. Wie schön! Sie blinzelt in die angenehm kühle, schattige Luft, fühlt, wie die Schweißtropfen auf ihrer Stirn verdunsten, gräbt die Zehen in den weichen Wiesenboden. Wie schön es hier ist. So friedlich. EinPlatz, an dem man für ein paar Stunden vergessen kann, daß man nicht glücklich ist. Denn hier *ist* sie glücklich.

Eine Libelle gleitet knapp über dem Gesicht des Mädchens dahin, flirrend, silbrig blau. Anuschka ist ein wenig zurückgezuckt. Sie mag keine Insekten, nicht einmal die, die allgemein für „schön“ gelten. Libellen sehen böse aus, findet sie.

Der Grünsee liegt ruhig in seinem Kranz von Schilf und Gras und Tannen. Grün, grün, geheimnisvoll grün. Mit ein paar zitternden Sonnenkringeln auf dem Wasser. Stille. Keine Vogelstimmen. Nur hin und wieder sirren ein paar Mücken, brummte eine dicke Hummel vorbei.

Anuschka liest ein bißchen, aber bald hat sie keine Lust mehr. Sie liegt einfach da und träumt. Träumt ihren alten Traum: stellt sich vor, wie es wäre, wenn sie anders wäre als sie ist, glücklich, fröhlich, unkompliziert. Mit zwei gesunden Beinen. Wenn sie radfahren könnte. Und turnen. Und skilaufen. Und schwimmen. Wenn sie eine Freundin hätte. Nein, nicht eine, viele Freundinnen. Wenn sie beliebt wäre. Wenn sie eine Mutter hätte, die nicht arbeiten müßte, sondern immer für sie da sein könnte, bereit, mit ihr zu plaudern, bereit, alles mögliche für sie und mit ihr zu tun. Wenn sie einen Vater hätte. Wenn sie nicht in einer kleinen Dreizimmer-Parterre-Wohnung in einem gesichtslosen Miethaus am Rande der Stadt wohnen würde, sondern in einer Villa mit Swimming-pool und Hollywoodschaukel im Garten und wenn, wenn...

Der Nachmittag verrinnt, die Sonnenkringel wandern auf dem See, Anuschka ist eingedöst, auch das Träumen von Wunschträumen macht müde.

Eine Stimme weckt sie: „Hallo, du!"

„Hmmm?" macht Anuschka schläfrig, dann wacht sie richtig auf.

„Ja... wie? Was ist?"

Sie hebt den Kopf aus den Gräsern, in denen sie ihr Gesicht vergraben hatte, wendet sich zum See, denn daher kommt die Stimme.

„Ja?"

Ein Mädchen steht im Schilf, im Wasser, nur ein paar Meter vom Ufer entfernt. Es sind nicht viele Leute, die hierher zum Baden gehen. Aber ihr scheint das kalte, grüne Wasser nichts auszumachen, denkt Anuschka. Sie wirft der Fremden einen neugierigen Blick zu. Das Mädchen dürfte etwas älter sein als sie selbst, vierzehn oder fünfzehn vielleicht, es hat lange blonde Haare, die ihm fast bis zur Taille reichen, wunderschöne Haare, muß Anuschka zugeben. Sie schimmern bis hierher in einem seltsamen, hellen Perlmutterglanz, sie sind eigentlich gar nicht richtig blond, eher silbern... Und hübsch ist sie auch, ein Gesicht, so regelmäßig wie, ja, wie was... wie ein paar wenige Fotomodelle und Filmstars es haben. Dabei ein eigenartig weißes Gesicht, keine Spur von Sonnenbräune. Und der Arm, die Hand, mit der sie Anuschka jetzt zuwinkt, sind auch weiß.

„Bist du allein?“ fragt das fremde Mädchen.

Anuschka nickt. „Ja.“

„Ich auch. Ich langweile mich. Ich möchte mich so gern mit jemandem unterhalten.“

Die Fremde plätschert mit den Händen im Wasser, das Schilf um sie raschelt leise.

„Soll ich ein bißchen zu dir ans Ufer kommen?“

Ihr Lächeln ist lieb. Anuschka sieht, daß das Mädchen grüne Augen hat. Genauso grün wie der See, denkt sie. Sieht toll aus. So möchte ich sein, wie die da... die hat sicher Freundinnen und Freunde in Massen. Natürlich hat sie auch kein lahmes Bein wie ich! Immer diese Bitterkeit, wenn sie an ihr dünnes, weißes, keineswegs völlig lahmes, aber schwaches rechtes Bein denkt. Anuschka weiß, daß es unklug ist, daß sie sich alles bloß noch schwerer macht damit, aber sie kann diese Bitterkeit nicht überwinden.

„Ich langweile mich auch!“ ruft Anuschka zurück.

Sie ist neugierig, möchte sich gern mit der Fremden unterhalten. Sie springt auf, macht drei Schritte, setzt sich am Wasserrand mit gekreuzten Beinen wieder hin. Das Mädchen mit den Silberhaaren schwimmt durchs Schilf, lacht Anuschka zu und bleibt im ziemlich tiefen Uferwasser liegen.

„Hallo“, sagt sie noch einmal.

„Hallo“, lächelt Anuschka zurück. „Kommst du nicht raus? Das Wasser ist elend kalt.“

„Kalt? Findest du? Ach, ich bin das gewohnt. Nein, ich bleibe noch ein bißchen drin, der Platz ist gerade so schön.“

Sie reckt sich ein wenig in die Höhe. Zu ihrer Verblüffung sieht Anuschka jetzt, daß das fremde Mädchen keinen Badeanzug an hat. Oder zumindest kein Bikinioberteil. Sie badet einfach nackt. Na ja, warum schließlich auch nicht, hier in diesem einsamen Weiher kann man so etwas wohl tun. Anuschka erinnert sich daran, daß sie mit ihrer Mutter einmal am FKK-Strand gewesen ist, da badeten alle nackt. Sie hatte es zwar komisch gefunden, die vielen dicken, häßlichen nackten alten Leute, die da herumliefen... aber das Mädchen da im Wasser ist nun bestimmt nicht häßlich, und außer ihnen beiden ist ja auch niemand da.

„Wie heißt du?" fragt die Fremde jetzt und schüttelt ihre Haare, daß die Tropfen herumfliegen.

„Anuschka. Und du?"

„Wie ich heiße..."

Erstaunen malt sich in dem schönen hellen Gesicht, die grünen Augen werden perlmuttblaß. Dann lächelt das Mädchen auf einmal.

„Ich weiß nicht, darüber habe ich noch nie nachgedacht, *ich* habe keinen Namen."

Sie sagt das ganz ruhig, etwas verlegen beinahe. Doch Anuschka fühlt sich verletzt.

Wenn die andere sich über sie lustig machen will... bitte! Aber da macht sie nicht mit.

„Wenn du mich auf den Arm nehmen möchtest…, Servus!“ sagt sie. Ihre Augen funkeln ärgerlich. Sie hockt sich auf die Fersen, will aufstehen.

„Nein, bitte bleib, so hab ich es doch nicht gemeint“, ruft die Fremde hastig. „Ich wollte dich nicht ärgern. Aber ich habe wirklich…“ Anuschka starrte sie an.

„Ja, wo kommst du denn her, ich meine, wo gibt es denn das, daß jemand keinen Namen…“

Sie ist verwirrt. Sie setzt sich wieder hin, läßt die Füße ins kalte Wasser hängen. Ob die Fremde Ausländerin ist? Es stimmt, sie spricht mit einem eigenartigen Akzent, das heißt, nein, ein Akzent ist es auch wieder nicht, nur eigenartig, seltsam.

„Daher“, antwortet die Blonde und deutete auf den Weiher.

„Das sehe ich.“ Anuschka lacht, schon wieder ein wenig gereizt. Das Mädchen nimmt sie offensichtlich nicht ernst. Vielleicht weil sie älter ist als Anuschka. Oder hübscher. Oder weiß der Teufel warum.

„Wenn du mir nichts sagen willst über dich,

sondern nur Quatsch redest, brauchen wir uns nicht zu unterhalten."

„Doch, Anuschka. Ich komme nämlich wirklich aus dem Grünsee. Auch, wenn dir das noch so verrückt erscheint. Es stimmt. Es ist natürlich ein bißchen schwer für dich zu verstehen, aber wenn du dir Mühe gibst..."

„Entschuldige, aber du spinnst", erklärt Anuschka.

Jetzt lacht sie frei heraus. Ein lustiges Mädchen, diese blonde Wassernixe, denkt sie. „Wenn ich mir Mühe gebe, mir vorzustellen, wer du bist, nachdem du mir erzählt hast, du kommst aus dem See, dann bist du ja wohl eine Wassernixe."

Anuschkas helles Lachen klingt über den See. Es macht Spaß, so herumzublödeln, entdeckt sie auf einmal, richtig albern zu sein. Sonst ist sie immer so schwerfällig, wenn die anderen Mädchen in der Klasse irgendwelche Scherze machen, aber diese „Wassernixe" hat Humor, ihr Witz reißt auch die ruhige Anuschka mit. Der leichte Ärger von vorhin ist wie weggeblasen.

Doch mitten in ihrem Gelächter bricht

Anuschka ab. Was ist denn, das Wassermädchen lacht ja gar nicht mit. Die schaut Anuschka versonnen an aus ihren großen, grünen Augen, ein Lächeln kräuselt die Mundwinkel, doch sie lacht nicht.

„Ja", sagt sie jetzt, „du hast recht. Ich bin eine Nixe."

Pause. Anuschka schluckt. Einmal, zweimal. Sie will wieder in Lachen ausbrechen, aber sie kann nicht, der Hals ist ihr wie zugeschnürt.

Ein Zitronenfalter flattert zwischen Anuschka und der... der... nun ja, der Blonden im Wasser hin und her. Sie malt mit den Fingern Ringe ins Wasser, die sofort wieder zerfließen. Sie hat die Augen niedergeschlagen. Nun hebt sie den Blick wieder. „Eine Nixe, du hast ganz richtig gehört. Ich weiß genau, was du jetzt denkst, Anuschka. Du denkst, es gibt keine Nixen. Aber ich bin trotzdem eine."

„Eine... Nixe."

Anuschka flüstert es nur, mit einem Zögern in der Stimme. „Eine richtige Nixe? Ich dachte, die gibt's nur in Märchen und Sagen. Eine Nixe...", sie schluckt noch einmal schwer, „...

mit Schwanz?"

Kaum hat sie das Wort ausgesprochen, da schämt sie sich. Heiße Röte steigt ihr in die Wangen. Wie kann sie nur so etwas sagen. Es ist doch verrückt! Einfach verrückt. Wie kann sie auch nur eine Sekunde lang glauben, daß dieses Mädchen da im Wasser mit den Perlmutthaaren und dem hellen Gesicht und den Augen von der Farbe der Algen... daß dieses Mädchen einen Fischschwanz...

„Entschuldige", murmelt sie, „ich bin blöd..."

„Nein, gar nicht", lächelt die Nixe. Sie räkelt sich ein wenig, das Wasser plätschert, und schon liegt sie am Ufer, auf der Wiese, neben Anuschka.

Anuschka reißt krampfhaft die Augen auf. Schließt sie dann wieder. Nein, nein, nein. Es kann nicht sein, daß ich wirklich das sehe, was ich sehe, denkt sie immer wieder. Aber ich sehe es nun einmal. Mit meinen eigenen Augen. Den schimmernd grünen, aus zahllosen kleinen Schuppen bestehenden, ein wenig unter dem Bauchnabel beginnenden Fischschwanz.

Die Nixe legte sich bequem neben Anuschka

ins Gras, die Fußflosse zuckt etwas. Ein Marienkäferchen, das mit den kühlen Perlmuttflossen in Berührung gekommen ist, sucht erschrocken das Weite.

„Siehst du…“, meint die Nixe.

Anuschka starrt noch immer. Sie streicht sich über die Augen, erwartet, daß sich das Bild ändern müsse, daß sie dann an Stelle des Nixenschwanzes zwei normale Mädchenbeine erblikken würde. Doch so oft sie auch zwinkert, der Schwanz bleibt.

Die Nixe lacht. „Hör auf zu blinzeln, Anuschka, es nützt nichts, ich verändere mich nicht. Ich *habe* nun mal einen Schwanz. Findest du das so schlimm?“

„Nein“, antwortet Anuschka endlich, „schlimm nicht. Nur… nur seltsam.“

Sie hat sich ein bißchen gefaßt. „Darf ich dich anfassen?“ bittet sie. Sie möchte wissen, wie sich eine Nixe anfühlt, nachdem ihr nun schon dieses verrückte Abenteuer zugestoßen ist.

„Gern.“

Die Nixe streckt Anuschka den Arm hin. Ein weißer, zarter, vom kalten Wasser ein wenig unterkühlter Mädchenarm. Anuschka streicht über die Haut. Mädchenhaut. Ganz normal. Die Nixe kichert. Anuschka tastet vorsichtig nun auch über den Schwanz, zuckt zusammen, läßt dann die Hand einen Moment auf den perlmuttgrünen Schuppen liegen.

Ich fasse den Schwanz einer Wassernixe an, ich fasse den Schwanz einer Wassernixe an, ich... rotiert es dabei unablässig in ihrem Kopf. Und auf einmal kichert sie auch. Komisch ist das alles! Komisch und einfach herrlich! Wer erlebt schon so etwas? Wer plaudert mit einer waschechten Nixe am Badestrand?

Wenn ich das den anderen erzähle, morgen! Sie werden sich köstlich amüsieren...

„Na, endlich", meint die Nixe. „Hast du den ersten Schrecken jetzt überwunden? Prima. Dann erzähl mir ein bißchen von dir, Anuschka. Wo wohnst du? Was machst du immer? Hast du Geschwister? Ich bin wahnsinnig neugierig. Es ist lange her, seit ich..." Sie bricht ab. Anuschka berichtet, was es aus ihrem Leben zu berichten gibt. Die Nixe stellt Zwischenfragen, sie möchte alles ganz genau wissen.

Obwohl Anuschka eigentlich nicht von ihren Problemen sprechen will, rutscht ihr doch manches heraus, zum Beispiel die schlimme Sache mit dem Bein.

„Ach so“, sagt die Nixe, „darum die langen Hosen bei dieser Hitze, nicht wahr?“

Anuschka nickt.

„Ich trage immer Jeans oder Maxiröcke.“

Sie erzählt auch das traurige Kapitel mit den Freundinnen, die sie nicht hat. Mit der blonden Wassernixe redet es sich so leicht, findet das Mädchen, sie ist anders als alle Leute, die ich kenne. Na ja, kein Wunder, lacht sie sich selber aus. Es wäre eher ein Wunder, wenn sie *nicht* anders wäre...

Die Sonnenkringel auf dem See sind verschwunden, ein einziger schräger rotgolder Sonnenstreifen fällt noch durch die Baumwipfel und malt seine Bahn auf das Wasser, das jetzt nicht mehr smaragdgrün schillert, sondern dunkel ist wie die Tannen, die den Weiher umgeben.

Anuschka fröstelt.

Eigentlich hätte sie längst gehen müssen, Mutti wird schon daheim sein und auf sie warten. Aber sie kann nicht fortgehen, ohne von der Nixe erfahren zu haben, wie das nun mit ihr ist, wo sie tatsächlich herkommt. „Von da unten im See“ ist eine allzu vage Antwort, darunter kann sich Anuschka nicht viel vorstellen. Was tut diese Nixe, was will sie eigentlich von ihr?

„Erzähl doch ein bißchen von dir“, bittet sie. „Ich meine...“

Die Nixe stützt sich auf die Ellenbogen, lächelt, dann setzt sie sich auf.

„Sei nicht so ungeduldig, Anuschka“, tadelt sie. „Ich weiß, daß du vieles nicht verstehst. Aber muß man alles begreifen? Es gibt unzählige Dinge auf der Erde...“

Sie schwänzelt ein wenig mit ihrem Schuppenschwanz, schon liegt sie im Wasser, macht eine Bewegung, als wollte sie davonschwimmen. Anuschka springt auf.

„Nein, nicht. Bitte schwimm nicht weg. Ich will auch nicht so neugierig sein...“

Doch die Nixe lächelt ihr noch einmal zu, schüttelt das Haar aus der Stirn und plätschert auf den See hinaus.

„Auf Wiedersehen, Anuschka“, ruft sie zurück, „es ist spät, ich muß fort.“

„Aber ich weiß ja nicht einmal, wie du heißt!“

Das Lachen der Nixe klingt durch den Sommerabend.

„Darf ich dich einfach Nixe nennen?“ ruft Anuschka laut. „Und kommst du wieder? Bitte komm doch morgen wieder!“

Das Lachen wird leiser. Anuschka sieht nur noch das perlmutthelle Haar der Nixe auf dem dunklen Wasser in der Mitte des Weihers. Und dann ist es auf einmal verschwunden.

Eine Grille zirpt. Von der Sankt-Martins-Kapelle an der Straße tönt das Halbsieben-Uhr-Läuten herauf. Anuschka steht unbeweglich und blickt auf die Wasserfläche. Nichts rührt sich, nur ein paar Mücken tanzen in der rotgoldenen Sonnenbahn, die schon wieder zu verblassen beginnt.

Anuschka schlüpft in ihre Sandalen, packt das Buch in die Tasche, das vergessen im Gras liegt, schüttelt Grashalme von ihrer Bluse, aus den lang herunterhängenden Haaren. Sie muß heim. Eigentlich hätte sie den Abendbrottisch decken und ein paar belegte Brötchen herrichten sollen für sich und die Mutter. Na ja, Mutti wird's schon gemacht haben inzwischen, beruhigt sich Anuschka. Das Mädchen zwängt sich durch die Brombeerbüsche. Sie spürt kaum, wie eine dornige Ranke ihr den Arm aufreißt, so tief ist sie in ihre Gedanken versunken. Die Nixe... war sie nun echt oder war sie ein Traum, eine Einbildung... sie *war* echt, eine Stunde lang hat Anuschka mit ihr gesprochen, ihre Haut berührt... und trotzdem... trotzdem...

## Anuschka steht vor einem Rätsel
## Gibt es eigentlich Nixen?

Als Anuschka daheim ankommt, tut ihr das gesunde, linke Bein weh. Und auch die Hüften schmerzen. Sie hat sich beeilt, ist beinahe gelaufen und das strengt an, wenn man ein schwaches, gefühlloses, hilfloses „Kinderlähmungsbein“ hat.

In der Haustür prallt sie beinahe mit Frau

Severin zusammen, der alten Dame aus der Wohnung gegenüber. Die ist an die Achtzig, auf einem Auge blind und kann fast überhaupt nicht gehen, sie hat Wasser in den Beinen, sagen die Leute. Ohne Rollstuhl schafft sie nur den Weg zur Mülltonne. Auf diesem Weg befindet sie sich gerade, in der einen Hand den überquellenden Mülleimer, mit der anderen ihren Stock umklammernd. So steht sie im Hausgang und zuckt zurück, als Anuschka mit kräftigem Schwung die Türe aufstößt.

„Oh, Verzeihung! Ich hab Ihnen doch hoffentlich nicht weh getan!“ ruft Anuschka.

„Nein, nein, Kind, die Tür hat mich nicht getroffen“, beruhigt sie die alte Dame. Anuschka hält ihr die Tür auf, die Frau schlurft, schwer auf den Stock gestützt, hinaus. Sehr langsam. Ein paar Kartoffelschalen, ein Papiertaschentuch fallen aus dem Mülleimer, die alte Dame bemerkt es nicht, Anuschka bückt sich spontan, um die Abfälle aufzuheben: Doch dann richtet sie sich wieder auf. Wieso ich? denkt sie flüchtig, morgen wird sowieso die Treppe geputzt.

Als sie den Schlüssel ins Schlüsselloch steckt,

öffnet Frau Fabian die Tür. „Na endlich, wo du dich nur immer herumtreibst! Den ganzen Tag hast du Zeit für dich, kannst tun, was du willst. Da wäre es doch wirklich nicht zuviel verlangt, daß du pünktlich um sechs daheim bist!“

„Ja, Mutti. Entschuldige. Morgen komme ich früher.“

Anuschka drängt sich an ihrer Mutter vorbei durch den engen Korridor, geht ins Bad, dreht den Wasserhahn auf, um sich die Hände zu waschen.

„Beeil dich, ich habe Hunger“, klingt die Stimme von Frau Fabian durch das Rauschen des Wassers.

Wenig später sitzen Mutter und Tochter am Tisch, Frau Fabian gießt Tee ein; Schlager plärren aus dem Radio, dazwischen Werbeslogans: „Wollen Sie, daß Ihre Wäsche kuschelweich wird?... Vorsicht, Mundgeruch macht einsam... und nun der neueste Hit, Platz Nummer eins in der internationalen Hitparade...“

Frau Fabian blättert in der Fernsehzeitschrift. Ob das Abendprogramm etwas Gescheites bringt? Sie ist noch nicht alt, neununddreißig erst, aber sie sieht müde aus, blaß, mitten im Sommer, die Haut schon ein wenig schlaff. Das kommt nicht nur von vieler Arbeit im Großraumbüro, wo die Luft zum Ersticken ist, sondern auch vom Rauchen. Frau Fabian raucht zuviel, sie weiß es selbst und versucht immer wieder, ihren Zigarettenkonsum zu bremsen. Doch es ist schwer, wenn man so wenig andere Freuden hat, auch noch auf diesen kleinen Genuß zu verzichten. Zum Friseur müßte sie auch. Die blondierten Haare sind am Scheitel dunkel nachgewachsen. Aber die Zeit reicht nicht. Acht Stunden normale Arbeitszeit, ein paarmal in der Woche Überstunden, der Haushalt – wenn es auch nur ein Zweipersonenhaushalt ist – und dann näht sie noch ihre eigenen Kleider zum Teil und vieles für Anuschka. Da bleibt nicht viel Freizeit. Am Wochenende muß sie ausschlafen. Der Friseur wird eben auf den nächsten Samstag verschoben.

„Noch ein Brötchen, Anuschka?"

„Nein danke, Mutti. Aber darf ich den Rest Salat haben?"

„Sicher."

Frau Fabian zündet sich eine Zigarette an, blättert weiter in der Zeitschrift. Ach ja, ein Interview mit Gracia Patricia von Monaco. Und im Fernsehen läuft heute abend ein alter Film, in dem sie spielt, natürlich unter dem Namen Grace Kelly. Lustig, dieses Zusammentreffen!

„Mutti?"

„Hmm?"

„Ich habe heute eine Nixe getroffen."

Anuschka wirft es hin, gewollt beiläufig.

„Ach ja, wie nett für dich...", murmelt Frau Fabian zerstreut.

„Mutti! Ich habe gesagt, eine Nixe", wiederholt Anuschka eine Spur lauter. Die Mutter wendet ihr das Gesicht zu, müde Augen, zwei kleine scharfe Falten um den Mund, ein wenig verschmierter blauer Lidschatten.

„Wie bitte? Wen? Eine Nixe... ihr Kinder habt euch wohl schon wieder einen neuen Jux in der Schule ausgedacht." Sie lächelt ihre Tochter gedankenlos freundlich an und schaut im selben Moment schon wieder weg. Wo war sie stehengeblieben in dem Interview mit der Gracia Patricia... nun hat sie die Zeile verloren...

ach ja, hier...

„Mutti, wirklich! Kein Jux“, beharrt Anuschka und starrt die Mutter an, so intensiv, daß Frau Fabian den Blick der veilchenblauen Augen spürt und sich ihrer Tochter erneut zuwendet. „Ich habe in allem Ernst eine echte, lebendige Nixe getroffen, heute nachmittag, droben am Grünsee.“

Anuschka schaut so ernst, daß die Mutter ihr glauben muß, daß es kein Spaß sein soll.

„Ich bitte dich, Anuschka, du bist doch kein kleines Kind mehr.“

Frau Fabian schwankt zwischen leisem Ärger und einer, wenn auch nur flüchtigen Besorgnis. „Du bist elf, ein großes Mädchen. Du wirst doch nicht an Nixen und solches Zeug glauben. Du glaubst ja auch nicht mehr an das Christkind, oder...“

Nun lacht sie wieder. Nein, dieses Mädel. Nun ja, in dem Alter sind Mädchen oft schwierig, verträumt, versponnen. Vermutlich war sie selbst nicht viel anders. Frau Fabian gibt Anuschka einen Klaps auf die Hand, leicht, freundlich, beruhigend.

„Vergiß die Nixe. Sicher hast du dich verschaut. Oder es war ein Reklamegag, eine Nixe mit Gummischwanz, ein Fotomodell vielleicht. Nun lach schon, Anuschka! Übrigens, trink den Tee aus, bevor er kalt wird, und dann laß uns rasch abräumen, in fünf Minuten fangen die Nachrichten an, und den Film danach möchte ich gern sehen. Grace Kelly spielt. Du erinnerst dich nicht mehr an sie als Filmstar, du kennst sie nur als Fürstin von Monaco. Aber dieser Film mit ihr war gut, ich hab ihn vor... ach, vor hundert Jahren gesehen... Wenn du magst, darfst du ihn dir auch anschauen."

„Nein danke, Mutti. Ich lese lieber noch ein bißchen." Anuschkas Gesicht ist verschlossen, wie meist. Mutti lacht mich aus, denkt sie böse, während sie die Teller abspült. Und noch schlimmer, sie interessiert sich überhaupt nicht für das, was ich sage und meine und fühle und... und überhaupt! Verbissen schrubbt sie die Teekanne ab, daß die Schaumflocken in der Küche herumfliegen.

„Mußt du immer so spritzen, wenn du dreieinhalb Teller abspülst?"

Frau Fabian hat inzwischen aufgeräumt, nun wirft sie ihrer Tochter ein mißbilligenden Blick zu.

„Ja", sagt Anuschka und stellt die Kanne klirrend auf den Eisschrank. Frau Fabian verläßt die Küche, gleich darauf klingt die Stimme des Nachrichtensprechers aus dem Wohnzimmer: „Guten Abend, meine Damen und meine Herren..."

Anuschka hockt in ihrem Zimmerchen auf dem Bett, die „Geheimnisvollen Geschichten um den Grünsee" in der Hand.

„...und die Seejungfrau hatte grünes Haar wie Algen und eine schimmernde grüne Haut. Sie sagte zu dem Bauernburschen: ‚Du hast drei Wünsche frei. Was dünkt dich, das du am liebsten haben möchtest...'"

„Mist", murmelt Anuschka und schlägt das Buch zu. Was soll ich mit diesen Quatschgeschichten über Seejungfrauen, die Wünsche erfüllen und in einem Schloß aus Schneckenhäusern auf dem Grunde des Grünsees wohnen, die grüne Kröten mit goldgelben Augen spazierenführen und irgendwelchen Bauernburschen bei

Vollmond um Mitternacht erscheinen... so wie der Nöck mit den grünen Zähnen... und wie die Wasserdame, die auf einem bemoosten Karpfen daherreitet, einmal im Jahr, in der Johannisnacht... Das sind doch alles Märchen, schön und romantisch, aber sie haben nicht das geringste zu tun mit *meiner* Nixe. Die war... nun, ganz einfach, normal... bis auf den Fischschwanz natürlich... Sie ist auch am hellen Nachmittag aufgetaucht, nicht bei Vollmond, nicht um Mitternacht. Und sie hat kein Wort davon gesagt, daß sie mir einen Wunsch erfüllen wollte, von drei Wünschen gar nicht zu reden.

Anuschka wirft die „Geheimnisvollen Geschichten" auf den Teppich und greift nach dem Band „M–O" von Meyers Konversationslexikon, den sie sich aus Muttis Bücherschrank geholt hat. Sie blättert ein wenig, ja, da ist es. N... Ni... Nixen, dahinter steht in Klammern (althochdeutsch nihhus).

Anuschka liest: „*Nixen*... männliche oder weibliche Wassergeister der Bäche und Flüsse, Teiche und Seen. Der Nix oder Wassermann wird meist ältlich und langbärtig, zuweilen jedoch auch als rauhhaariger oder gelblockiger Knabe dargestellt und als grausam, blutdürstig und die Einsamkeit liebend geschildert. Die weiblichen Nixen dagegen erscheinen in der Sonne sitzend, ihre langen Haare kämmend oder mit dem Oberteil des Leibes, der von wundervoller Schönheit ist, aus den Wellen auftauchend und sind sehr gesellig."

Anuschka runzelt die Stirn, enttäuscht. *Das* hat sie selbst auch gewußt – wenigstens ungefähr. Auf jeden Fall hilft es ihr nichts, es paßt einfach nicht auf *ihre* Nixe. Sie legt auch das Konversationslexikon beiseite, greift nach der Glasdose, die auf dem Nachttisch steht, nimmt ein Bonbon heraus, steckt es in den Mund, lutscht gedankenverloren. Ihre Nixe. War es wirklich eine Nixe? Sicher, der Schwanz. Aber, mein Gott, vielleicht hat sie doch alles nur geträumt. Sie träumt manchmal sehr lebhaft, es ist schon geschehen, daß sie mitten in der Nacht aufwachte und nicht wußte, was war Wirklichkeit, das dunkle Zimmer, in dem sie lag, oder die Umgebung des Traumes, aus dem sie gerade kam. Vielleicht war sie am See eingeschlafen.

Anuschka grübelt hin und her, aber alles, was sie überlegt, dreht sich im Kreis, sie landet immer wieder bei den gleichen zwei Gedanken: Sie hat die Nixe gesehen, mit ihr gesprochen, sie berührt. Und andererseits: Es gibt keine Wassernixen.

Sie sitzt immer noch angezogen auf ihrem Bett, eine steile Falte über der Nasenwurzel, als ihre Mutter ins Zimmer tritt. Der Fernsehfilm ist zu Ende.

„Nanu, du schläfst noch nicht? Jetzt wird es aber langsam Zeit, Anuschka", sagt Frau Fabian, ein wenig entspannter als am frühen Abend. „Komm, zieh dich aus. Morgen müssen wir beide um halb sieben heraus. Übrigens, der Film war nett. War dein Buch auch spannend?"

„Ja, sehr, Mutti", murmelt Anuschka und wendet ihr Gesicht zur Seite. „Gute Nacht, Mutti, ich mach in zehn Minuten das Licht aus."

„Gute Nacht, Schätzchen."

Frau Fabian verläßt das Zimmer. Wie schwer es doch ist, Kontakt zu Anuschka zu finden, denkt sie. Sie ist so verschlossen, so fremd. Ich weiß nie, was in ihr vorgeht. Aber wahrscheinlich bin ich selbst schuld daran, ich habe zu wenig Zeit für sie... und wenn ich nur abends nicht so müde wäre... Anuschka träumt wirr in dieser Nacht. Natürlich von Nixen und Wassermännern, von einem Schloß aus bunten Kieselsteinen auf dem Grunde des Grünsees, von einem Unterwassergarten, in dem Algen blühen wie giftgrüne Rosen, in dem Kröten mit grüngoldenen Augen herumhüpfen wie kleine Hündchen. Und mittendrin sitzt die Nixe, flicht ihr silbernes Haar zu vielen Zöpfen, die in der Strömung auf und ab wogen und singt zur Harfe... Und der Nöck steht am Zaun aus Algen und lacht herüber...

So ein Schmarrn, denkt Anuschka, als sie mit schwerem Kopf aufwacht. Sie stellt fest, daß es erst halb sechs ist, eine Stunde zu früh. Das passiert ihr selten, eigentlich ist sie eine Langschläferin. Aber heute findet sie keine Ruhe mehr. Sie beschließt, aufzustehen und früher zur Schule zu gehen. Die Bibliothek ist ab halb acht Uhr geöffnet, vielleicht findet sie dort ein brauchbares Buch über Nixen.

Frau Fabian sitzt noch in der Badewanne, als Anuschka die Wohnung verläßt. Ihr „Servus, Anuschka“, klingt gedämpft hinter Bergen aus blauem Schaum hervor.

Auf der Straße begegnet das Mädchen Frau Severin. Die alte Dame fährt diesmal im Rollstuhl. Sie ist auf dem Weg zur Kirche. Anuschka grüßt eilig: „Guten Morgen.“ Sie hat keine Lust, sich auf eine Unterhaltung einzulassen. Sie weiß, Frau Severin verwickelt sie nur allzu gern in ein Gespräch, sie hat ja Zeit, nichts zu tun, sie wohnt ganz allein in der kleinen Wohnung. Wahrscheinlich geht, bzw. rollt sie auch aus Langeweile jeden Morgen zur Messe, denkt sich das Mädchen. Sie läuft an der alten Dame vorbei, so rasch sie es mit ihrem lahmen Bein kann.

„Guten Morgen, Anuschka. Du bist heute aber früh dran, Kindchen. Gibt es etwas Besonderes?...“ klingt die brüchige Stimme hinter ihr her. Anuschka tut, als hätte sie nichts gehört. Sie sieht den Schatten nicht, der über Frau Severins Gesicht fällt und die müden, zerfurchten in tausend Falten und Fältchen zerknitterten

Züge noch älter, noch hilfloser erscheinen läßt. Langsam rollt der Rollstuhl weiter, in Richtung auf die Kirche zu, deren Glocken jetzt zu läuten beginnen.

Heute nimmt Anuschka den Bus zur Schule. Dort ist es in den frisch gewachsten Gängen noch still, als sie ankommt. Es riecht sauber, ein bißchen nach Wachs, ein bißchen nach Desinfektionsmittel und ein bißchen nach Kreide. Schulgeruch eben. Das Mädchen aus der Oberklasse, das in der Bibliothek Dienst hat, kaut an einem Apfel und ist noch recht verschlafen.

„Such dir aus, was du magst. Du kennst dich ja aus."

Anuschka nickt. Zwanzig Minuten kramt sie in den Regalen. Dann klingelt es zur ersten Stunde. Alles, was sie gefunden hat, ist ein Buch über eine Nixe in einem Muschelhaus – so ein Quatsch, das ist ja schon zu kindisch für die neunjährigen aus der 4. Klasse – und ein Textbuch zu der Oper Undine. Das nützt ihr ebenfalls nichts.

Enttäuscht begibt sich Anuschka zum Unterricht. Auch noch Mathematik in der ersten

Stunde, denkt sie. Hoffentlich merkt „der Eisenbart“ nicht, daß ich meine Aufgaben nicht gemacht habe.

„Der Eisenbart“, Herr Dr. Eisenschenk, ein freundlicher älterer Herr, merkt es leider doch und Anuschka bekommt den ersten Rüffel. Der zweite folgt kurz vor der Pause, als sie in der Lateinstunde nun doch in der Undine blättert und sich so in den Text vertieft, daß sie nicht merkt, wie Frau Fischer sie minutenlang fixiert und schließlich auf sie zutritt.

„Du scheinst dich wohl so sicher zu fühlen in Latein, Anuschka, daß dich mein Unterricht langweilt“, sagt sie spitz und packt das Mädchen hart am Arm. Die „Undine“ fällt zu Boden. Anuschka blickt erschrocken auf.

„Ich...i...“

„So, Undine... tja, die Seejungfrauen brauchen sich nicht mit Latein abzugeben.“

Ein Mädchen gluckst irgendwo in der letzten Bank.

„Aber da du, liebe Anuschka, bedauerlicherweise keine Nixe bist... soviel ich weiß...“, wieder ein Kichern, „mußt du dich doch bequemen, an meinem keineswegs so amüsanten Unterricht teilzunehmen."

Die Mitschülerinnen lachten jetzt. Anuschka spürt, wie ihr das Blut ins Gesicht steigt. Warum muß sie nur immer rot werden, wenn sie verlegen ist oder sich ärgert. Diesmal ist es beides. Verlegenheit, weil die Lehrerin sie so spöttisch ermahnt, Wut, weil die Mädchen lachen. Wie durch einen Schleier sieht Anuschka lauter grinsende Fratzen um sich herum, hämisch grinsende, böse, gemeine... Tränen füllen ihre Augen. Ach, warum sind alle so häßlich zu ihr? Eigentlich mußte ihr Verstand ihr sagen, daß sie überempfindlich ist, daß niemand hämisch oder bösartig grinst, daß die Mädchen nur lachen, weil sie jede Gelegenheit dankbar begrüßen, die den monotonen Ablauf des Unterrichts irgendwie unterbricht. Keines der Mädchen aus der 6b ist Anuschka feindlich gesinnt, keine hat was gegen sie, im Gegenteil. Sie tut ihnen im Grunde leid. Das mit dem Bein ist nicht leicht für sie, denken die anderen manchmal. Aber nur manchmal, denn im allgemeinen denken sie nicht viel, und Anuschka ist so still und unscheinbar, daß man sie einfach vergißt.

Nein, sie weiß, daß dieses Lachen nicht bös gemeint ist, aber es tut trotzdem weh.

„Also, Anuschka, damit du dich nicht so schrecklich langweilst, würde ich vorschlagen, du übersetzt uns jetzt einmal den zweiten Absatz. Wir sind bei Cäsar, falls du das nicht wissen solltest. Seite 9. Nun bitte... ich warte."

Anuschka starrt auf den Text, er verschwimmt ihr vor den Augen, sie hat nicht die geringste Ahnung, was all diese Worte bedeuten sollen. Latein gehört sowieso zu ihren schwachen Fächern.

Sie schweigt. Hilflos. Trotzig dann, mit fest zusammengebissenen Zähnen.

„Nun, ich warte noch immer..."

Zuletzt schreibt Frau Fischer dem Mädchen eine Sechs ins Klassenbuch.

„Völlig ungenügend! Wenn du so weitermachst... das Schuljahr ist bald zu Ende."

Anuschka ist im Augenblick alles egal. Sie ist erleichtert, als sich die Aufmerksamkeit wieder von ihr abwendet, einem anderen Mädchen zu, das sich stolpernd und stotternd durch den Absatz, bei dem Anuschka versagt hat, hindurcharbeitet.

Auch während der restlichen Schulstunden denkt Anuschka nur an die Nixe. Sie kommt zu dem Schluß, daß sie gestern gesponnen haben muß. Es gibt keine Nixen. Also kann das blonde Mädchen gestern keine Nixe gewesen sein. Trotzdem will sie gleich heute mittag wieder zum Grünsee gehen. Vielleicht kommt die... Nixe... nein die Blonde... vielleicht kommt „sie" wieder... Nein, natürlich kommt sie nicht wieder, alles war nur Einbildung. Aber hingehen werde ich auf jeden Fall. Bloß um zu sehen, daß sie *nicht* kommt...

Anuschka verschlingt als Mittagessen ein Wurstbrot in der Küche, sie nimmt sich nicht einmal die Zeit, sich hinzusetzen, das Radio anzudrehen, ein Glas Milch zu trinken. Dann eilt sie davon, zum Grünsee.

## Anuschka benimmt sich unmöglich
## Sie möchte Nixe wiedersehen

Als Anuschka sich durch das Brombeergestrüpp zu „ihrer“ Wiese hindurchgearbeitet hat, bleibt sie entsetzt stehen: Im Gras vor ihr liegen zwei Menschen. Welche Frechheit! An *ihrem* Platz! Anuschka beißt auf die Lippen, gerade noch rechtzeitig, sie war nahe daran gewesen auszurufen: „Was fällt denn Ihnen ein!“ Aber das wagt sie nun doch nicht.

Eigentlich wäre die Wiese groß genug für drei Leute, vor allem, da die Fremden – ein ältliches Ehepaar –, beide gleich dürr und knochig und bleich in ihren ausgeleierten dunklen Badeanzügen – sich ganz am Rand niedergelassen haben, im Schutz einer kleinen, etwas verwachsenen Weide. Normalerweise würde Anuschka sich wohl oder übel mit der Hälfte ihrer Wiese zufriedengeben, oder wieder gehen, sich im Wald ein stilles, moosduftendes Plätzchen suchen. Aber heute! Heute ist sie ja nicht einfach

„nur so“ hierhergekommen, sondern aus einem ganz bestimmten Grund. Und da machen die beiden Alten ihre Hoffnungen zunichte. Denn das ist völlig klar: Wenn sie nicht allein ist, wird die Nixe niemals erscheinen.

Anuschka bleibt zögernd stehen, kaut an ihrer Unterlippe, denkt nach. Soll sie sich einen anderen, einsamen Platz am Ufer des Weihers suchen? Aber vielleicht findet sie die Nixe dort nicht. Vielleicht sucht sie nur an diesem Platz nach ihr – wenn sie überhaupt kommt – und wenn sie Anuschka dort nicht sieht, schwimmt sie wieder fort. Und läßt sich möglicherweise nie wieder blicken. Nein, das kann Anuschka nicht riskieren. Sie muß hier bleiben. Nur hier hat sie eine Chance, die Nixe wiederzutreffen. Und sie muß zu erreichen versuchen, daß die beiden alten Leute den Platz so bald wie möglich verlassen.

Wie erreicht man so etwas? überlegt das Mädchen. Wie vergrault man jemanden? Sie beißt noch einen Moment auf ihrer Lippe herum, bis sie Blut schmeckt – Mist, das sollte sie sich auch abgewöhnen! Mutti hat es ihr oft gesagt, und in diesem Fall hat sie ausnahmsweise einmal recht! Dann schleudert sie mit sehr viel Schwung die Sandalen von den Füßen. Genau in die Richtung des friedlich dösenden Ehepaares. Eine Sandale landet genau fünf Zentimeter vom Kopf der Dame entfernt. Die fährt erschrocken hoch.

„Mein Gott, was..."

„'tschuldigung", ruft Anuschka, nein plärrt sie, überlaut und im ordinärsten Dialekt, den sie hervorbringt. „Der is ma davongrutscht."

Sie sammelt die Schuhe auf, läßt sich dann dicht neben den alten Leuten ins Gras plumpsen, auf der anderen Seite der knorrigen Weide. Dabei stöhnt sie, wieder überlaut. Die Dame und der Herr blicken sich irritiert an, legen sich dann wieder zurecht, um weiterzuschlafen.

Anuschka schaut auf den Teich hinaus. Es ist erst kurz vor zwei Uhr heute, die Mittagssonne steht fast senkrecht über der Lichtung zwischen den Tannen. Blendende Lichtgarben stürzen auf das grüne Wasser herab, lassen es durchsichtig erscheinen, türkisgrün flimmernd, funkelnd, sonnensprühend, so hell, daß man fast die Augen abwenden muß.

Anuschka hat wenig Sinn für die strahlende Sommerschönheit des Sees, sie sucht nach dem silberblonden Haarschopf einer Schwimmerin, nach ihrer Nixe.

Aber nichts rührt sich im Wasser des Grünsees. Es ist wohl noch zu früh, denkt Anuschka. Gut so, ich muß ja auch erst die Leute wegekeln. Wie bloß? Der Anfang hat nicht gewirkt. Was könnte ich *noch* tun?

Nach einer Weile des Überlegens fängt sie an zu pfeifen. Mehr laut als schön. Pfeifen konnte Anuschka noch nie. Der Herr blickt auf, schaut das junge Mädchen an, das aus vollen Backen schrill pfeift, die gräßlichsten Töne von sich gibt und dabei die Augen niedergeschlagen hat. Denn Anuschka schämt sich im Grunde furchtbar; es ist ihr peinlich, fremde Leute zu belästigen, aber was soll sie schon anderes tun? Dann schüttelt der Mann den Kopf, sagt leise etwas zu seiner Frau und dreht sich um.

Als Anuschka die Luft ausgeht, beginnt sie zu singen. Sie singt auch nicht viel schöner als sie pfeift. Gott sei Dank, findet sie heute – dafür konnte sie schon immer laut singen. Sie singt zuerst einen Schlager, der gerade in Mode ist, dann, als sie den Text nicht mehr weiß, ein Volkslied. Nach der dritten Strophe weiß sie auch da nicht mehr weiter. Verdammt noch mal, denkt sie, ich kann doch nicht mit Marienliedern aus der Maiandacht anfangen. Oder vielleicht gerade! Vielleicht würde ihnen das den Rest geben. Aber dann hat sie doch Hemmungen und schmettert statt dessen aus voller Kehle: „Glory, glory hallelujah!"

„Sag mal, muß das sein?" schrillt die Stimme der Dame zu Anuschka herüber. „Ich habe das Gefühl, du willst uns mit deinem Geplärr ärgern." Ihr Gesicht ist weiß vor Empörung.

„Nun, nun, Emmy beruhige dich...", murmelte ihr Mann.

Anuschka, beißt die Zähne zusammen und zwingt sich, das Ehepaar ausdruckslos anzustarren. Dann singt sie weiter: „Glory, glory hallelujah!" Sie fühlt dabei, wie sie rot wird. Sie weiß, daß sie sich benimmt wie, wie... wie ein widerlicher Balg, wie ein ungezogener Fratz. So würden die meisten Erwachsenen es bezeichnen. Und es stimmt. Anuschka singt und singt, immer denselben Text, sie fühlt, wie sie heiser wird, aber sie will nicht aufhören, und sie denkt dabei. Hoffentlich, hoffentlich hauen die beiden bald ab! Ich kann – beinahe – nichts dafür, daß ich so ungezogen bin, es ist nur wegen Nixe. Wenn die Alten gehen, will ich heute abend freiwillig das Bad putzen, obwohl Mutti diesmal an der Reihe wäre... ganz bestimmt! Sogar das Klo putze ich...

„Nein, Gottfried, ich habe genug, die Jugend von heute... ich begreife nicht, warum die jungen Leute Spaß daran finden, uns Alte zu ärgern... Wir tun ihnen doch nichts, wir haben auch diesem Mädchen nichts getan, und trotzdem versucht sie alles, um, um..." Die Dame hat sich erhoben, schlüpft mit bebenden Händen in Rock und Bluse. Der Mann steht ebenfalls auf, zieht sich an, kopfschüttelnd.

„Die Kleine sieht so nett aus", murmelt er mit einem Blick auf Anuschka, die inzwischen wieder zum Pfeifen übergegangen ist, es strengt weniger an.

Ein paar Minuten später verschwinden die

beiden im Brombeergebüsch.

„Ach! Gott sei Dank!“

Anuschka stößt einen Seufzer aus, bricht mitten im Pfeifkonzert ab und läßt sich der Länge nach ins Gras fallen.

„Geschafft. Ich war ein Biest. Ich werd es nicht mehr wieder tun, wenn es sich eben vermeiden läßt. Hoffentlich kommt jetzt die Nixe.“

Anuschka blickt hinauf in den Himmel, der heute völlig wolkenlos blau ist, sie starrt auf den See, bis es ihr grün und golden vor den Augen flimmert. Sie versucht ein bißchen zu schlafen. Die Nixe weckt mich sicher, wenn sie kommt, neulich hat sie mich ja auch gerufen, denkt sie. Doch die guten Vorsätze nützen nichts, ihr Herz klopft wie ein Hammer vor Aufregung, und sie findet keine Ruhe, noch viel weniger Schlaf.

Der Nachmittag vergeht. Die Schatten werden länger, legen sich dunkel über den Teich. Goldene Kringel tanzen auf dem Wasser, goldene Lichtbänder bauen Brücken, wandern weiter, verlöschen. Anuschka schaut auf ihre Uhr. Fast fünf. Sie richtet sich auf, fährt sich mit allen zehn Fingern durchs Haar, Grashalme und kleine Blüten fallen herab.

„Quatsch!“ sagt Anuschka laut, obwohl sie weiß, daß niemand sie hört. „Das Ganze gestern war Quatsch. Traum? Phantasie? Ich weiß es nicht. Wahrscheinlich werde ich es nie genau wissen. Aber jedenfalls gibt es keine Nixe. Und deshalb gehe ich jetzt heim. Das heißt...“, sie gräbt ihre Schneidezähne unwillkürlich wieder in die Unterlippe, schmeckt Blut und leckt es ab – „das heißt, zehn Minuten warte ich noch, bloß so, weil es um diese Zeit am schönsten ist. Dann verziehe ich mich. Ich muß schließlich noch Aufgaben machen...“

„Grüß dich, Anuschka.“

Das Mädchen wirbelt herum, hochrot im Gesicht. Die Nixe plätschert mit den Händen im Wasser und lächelt Anuschka an. Sie plätschert noch ein bißchen kräftiger, und dann liegt sie auch schon am Ufer, neben Anuschka auf der Wiese. Das Wasser rinnt in silbernen Tropfen aus ihren Haaren, ihre Augen sind genauso grün und leuchtend wie gestern, sie lacht, lieb und schelmisch zugleich, rollt sich auf den Bauch.

„Na, hat es dir die Sprache verschlagen, Anuschka?“ spottet die Nixe. „Du hast wohl nicht geglaubt, daß ich kommen würde, nicht wahr? Aber nachdem du die armen, alten Leute so mühsam – und so gemein – vertrieben hast, mußte ich ja erscheinen.“

„Du weißt?“ fragt Anuschka.

„Natürlich. Ich weiß mehr, als du denkst. Aber keine Angst, ich weiß nicht alles.“

In Anuschkas Hirn wirbelt alles durcheinander. Wieder einmal seit gestern gehört das bei ihr beinahe schon dazu. Die Nixe ist da. Es gibt sie also tatsächlich. Es war kein Traum. Die Nixe *ist* eine Nixe, eine Nixe aus Fleisch und Blut... und mit demselben schuppigen, perlmuttschimmernden Schwanz wie gestern... Anuschka berührt ihn noch einmal, sie muß sich davon überzeugen, daß er echt ist, dieser Fischschwanz; ja, er ist echt, es gibt keinen Zweifel mehr, nicht den geringsten.

Anuschka atmet tief auf. Vor Erleichterung. Nun weiß sie, daß es Nixen gibt, zumindest *eine* Nixe. Auch wenn es noch so verrückt klingt...

„Ich hab die ganze Nacht gegrübelt und den ganzen Tag“, gesteht Anuschka.

„Natürlich“, nickt die Nixe. „Jedes Mädchen, das nicht blöd ist, hätte das an deiner Stelle auch getan. Aber jetzt ist alles klar, nicht wahr? Ich meine, jetzt könnten wir Freundinnen werden. Magst du, Anuschka?“

Die Nixe hält ihr die nasse, kühle, weiße Hand hin. Anuschka schlägt mit ihrer warmen, braunen, trocknen ein.

„Ja, Nixe, ich mag. Aber dann beantworte mir auch ein paar Fragen. Ich will nicht zu neugierig sein, ich weiß, das soll ich nicht“, fährt sie hastig fort, bevor die Nixe sie unterbrechen kann. „Aber sag mir wenigstens: Lebst du in einem Schloß aus bunten Steinen oder Schneckenhäusern oder Muscheln auf dem Grunde des Sees? Zusammen mit anderen Nixen oder Sirenen oder wie sie heißen? Ist ein Nöck dein Vater? Ich meine, so ein Wassermann mit grünen...“

Nixes unbändiges Gelächter bremst Anuschkas Redeschwall. Die Blonde lacht, preßt die Fäuste in den Mund, aber dahinter gluckst und kichert es weiter.

„Verzeih mir, Anuschka", bittet sie, als sie sich wieder einigermaßen beruhigt hat, „aber das war zu komisch. So steht es wohl in allen Sagen und Märchen."

Anuschka nickt, unsicher, etwas verlegen.

„Aber ich bin keine Nixe aus dem Märchen. Diese Geschichten, das ist doch Blödsinn, Phantasie...! Ein Schloß aus Muscheln... oje, und wahrscheinlich hast du auch geglaubt, ich führte eine Kröte mit goldenen Augen an der Leine spazieren, da unten..."

Sie lacht wieder. Anuschka kann nur lächeln. Wenn das alles Unsinn ist, was soll sie denn dann glauben?

„Sag mir, wie es wirklich ist, Nixe", flüstert sie.

Die Nixe wird ernst. „Das kann ich nicht. Ich darf es nicht. Und ich möchte es auch nicht mit Menschenworten ausdrücken, selbst wenn ich wollte", meint sie leise. „Aber ich will mich nicht über dich lustig machen, Anuschka. Ich will dir sagen, was ich sagen kann. Ich bin eine Nixe, was das ist, ist ein Geheimnis, eines der Geheimnisse, von denen es unzählige auf der

Erde gibt. Nur kommen die meisten Menschen nicht mit ihnen in Berührung. Und manche erleben zwar eines dieser Geheimnisse, doch sie wollen es nicht sehen, sie leugnen es einfach ab. Du gehörst zu den wenigen Menschen, die ein Geheimnis erkennen, wenn es ihnen begegnet. Vielleicht hilft es dir, wenn ich dir sage, in mir ist die Phantasie vieler Generationen von Menschen Wirklichkeit geworden."

Anuschka nickt mit weit geöffenten Augen. Sie begreift nicht ganz, was Nixe meint, doch sie spürt, daß der Hauch eines großen Geheimnisses sie berührt.

„Ich bin irgendwo. Ich bin uralt. Für dich wirke ich wie vierzehn oder fünfzehn oder sechzehn, ich weiß nicht genau, aber ich bin tausend Jahre alt, zweitausend, dreitausend vielleicht."

Anuschka zuckt unwillkürlich zurück. Dieses zarte Mädchengesicht, dieses junge, fröhliche Lächeln... dreitausend Jahre...

„Du mußt es nicht verstehen, Anuschka, es gehört dazu, zu meinem Geheimnis", sagt Nixe und legt ihre Hand auf Anuschkas Finger.

„Einmal alle hundert Jahre darf ich erscheinen... ein Mädchen werden, fast wie du, nur eben mit einem Nixenschwanz. Für eine gewissen Zeit. Während dieser Zeit darf ich mir einen Freund, eine Freundin unter den Menschen suchen. Und ich darf diesem Menschen – nein, ich muß es sogar – helfen, glücklich zu werden. Gelingt es mir nicht, so kann ich niemals wiederkommen, nicht in hundert, nicht in zweihundert Jahren, nie mehr..."

Anuschka starrt in die grünen Augen, hört gespannt zu. Nichts darf ihr entgehen von dem, was die Nixe sagt. Sie läßt Anuschka ja gerade einen kleinen Blick in ihr Geheimnis tun.

„Ich möchte in hundert Jahren wiederkommen, deshalb will ich versuchen, dir eine Freundin zu sein, Anuschka, dir bei deinen Problemen zu helfen, so gut ich es kann."

Sie taucht die Schwanzflosse in den See und überspritzt sich und die erschaudernde Anuschka mit einem Regen von Wassertropfen.

„Oh, verzeih, Anuschka, ich hatte vergessen, daß dir das Wasser zu kalt ist", entschuldigt sich die Nixe. „Mir tut es gut, ich brauche Kühlung, wenn ich so lange auf der Wiese liege."

„Macht nichts", meint Anuschka, obwohl sie sich unangenehm feucht fühlt. Aber um Nixes Freundschaft willen nimmt sie solch eine kleine Unbequemlichkeit gern in Kauf. Außerdem wird ihre Bluse bald wieder trocken sein, es ist auch im Schatten warm.

„Ja", fährt die Nixe fort, „ich will wirklich deine Freundin sein, obwohl es Zufall ist, daß wir uns begegnet sind. Gestern war mein erster Tag. Da sah ich dich. Und... nun ja, den Rest weiß du selbst. Ich mag dich. Und ich glaube, du kannst Hilfe brauchen."

Anuschka rupft ein paar Gräser aus.

„Ja, das kann ich", sagt sie dann. „Bisher hat mir niemand helfen können", murmelt sie, „es hat allerdings auch noch keiner versucht. Aber du... du bist anders... du Nixe..."

Nixe läßt sich ein wenig ins Wasser gleiten.

„Geh nach Hause, Anuschka. Es wird Zeit für dich", lächelt sie. „Und für mich auch. Auf Wiedersehen."

„Wann sehen wir uns wieder?" fragt Anuschka.

„Bald."

„Ich weiß nicht. Vielleicht. Ich komme auf jeden Fall wieder zu dir, Anuschka. Wir sind doch Freundinnen."

Und damit rutscht sie völlig ins Wasser und schwimmt davon. Anuschka schaut ihr nach, mit leuchtenden Augen und einem vor Freude und Erregung wie wild klopfenden Herzen. Ich hab eine Freundin, denkt sie. So lange habe ich es mir vergeblich gewünscht, und jetzt endlich habe ich sie gefunden. Eine ganz besondere Freundin. Eine Nixe. Eine wirkliche Nixe. *Meine* Nixe.

Beschwingt steht sie auf, beschwingt geht sie heim, sie spürt keine Schmerzen diesmal, obwohl sie fast den ganzen Weg hüpft und rennt. Sie erwacht erst aus ihrem Freudentaumel, als ihre Mutter sie mit müdem Gesicht und gereiztem Tonfall empfängt: „Ich möchte bloß wissen, warum du nie die Zeit zum Einkaufen findest. Als ob das zu viel verlangt wäre..."

„Entschuldige, Mutti, soll ich rasch noch..."

„Laß, ich bin schon selbst gegangen. Deck inzwischen den Tisch."

## Eine Freude für die Mutter
## Was hat Anuschka so verändert?

Die Bekanntschaft mit Nixe ändert Anuschkas Leben von Grund auf. Früher, da hatte sie manchmal die Nachmittage unendlich lang und langweilig gefunden, ohne Freundin, ohne Freundesclique. Sie hatte die Zeit vertrödelt, lustlos, mufflig, die Stunden waren ihr zwischen den Fingern zerronnen. Jetzt verbringt sie jeden Nachmittag am Grünsee, wenn das Wetter es nur einigermaßen zuläßt. Und sogar an den Tagen, an denen Nixe nicht erscheint, wird ihr die Zeit nicht lang. Sie träumt vor sich hin, sinnt Dingen nach, über die sie sich früher keine Gedanken gemacht hat. Langeweile kennt sie nicht mehr.

Früher waren es jeden Tag bittere Minuten, wenn nach Schulschluß sich die anderen Mädchen für den Nachmittag verabredeten und sie abseits stand. Jetzt stört sie das kaum mehr.

Sicher, schön ist es noch immer nicht, ein Außenseiter zu sein, aber es tut nicht mehr so weh. Schließlich hat sie jetzt eine Freundin, die auf sie wartet, draußen im Wald, am Teich.

Da ist es nur mehr halb so schlimm, wenn die anderen sie nicht dabeihaben wollen.

Früher hatte sie sich manchmal in den Schlaf geweint, wenn irgendeine Sache sie bewegte und sie Mutti davon erzählen wollte, weil sie es einfach nicht für sich behalten konnte. Und Mutti war gleichgültig und interesselos, oder sie begriff nicht, worum es ging, weil sie zu müde war oder andere Dinge im Kopf hatte. Jetzt fällt es Anuschka leicht, die Tränen zurückzuhalten. Sie braucht sich nur zu sagen: „Nicht traurig sein, morgen sehe ich Nixe, mit ihr kann ich alles besprechen."

Wirklich, mit Nixe kann man alles besprechen. Alles. Sie hört zu, so voll hundertprozentiger Aufmerksamkeit wie kein anderer, sie stellt kluge Fragen und sie weiß immer eine Antwort. Keine „Lösung" für ein Problem, o nein. Das erste Mal meinte Anuschka, sie bräuchte zu Nixe nur zu kommen wie zu einer guten Fee und bitten, mach das und tu jenes, und Nixe würde so etwas Ähnliches sagen wie „Simsalabim“, und dann wäre alles gut. Nixe hatte sie ausgelacht.

„Ich bin nun mal keine Nixe aus dem Märchenbuch, Anusch, so glaube mir doch! Ich kann nicht zaubern. Ich kann nur eines, deine Freundin sein.“

Es ist brütend heiß heute. Die Mädchen der 6b sind geschlossen – mit Ausnahme von Anuschka natürlich – ins Strandbad am Großen See gezogen. Man hatte Anuschka diesmal sogar gefragt, ob sie nicht mitkommen wollte. Bixi war es gewesen. Aber Anuschka hatte abgelehnt. Ziemlich brüsk sogar. Es klang hochmütig, als sie sagte: „Nein danke, ich habe schon etwas vor.“

Sie wollte kein Mitleid, sie wollte sich nicht aufdrängen. Und dann, es stimmte sogar, sie hatte wirklich etwas vor, sie wollte, wie jeden Tag, zum Grünsee, um Nixe zu treffen.

Bixi hatte die Achseln gezuckt: „Wenn du nicht magst, na, dann eben nicht. Es war ja bloß eine Idee...“

Sie schüttelte die roten Locken und wandte sich ab: „Los Kinder, auf die Räder, hopp. Wettfahrt bis zur Kreuzung, ich spendiere einen Kaugummi für den Sieger... ja, und was krieg *ich*, wenn ich am schnellsten bin?"

Sie lacht ihr unbekümmert fröhliches Lachen, und die anderen Mädchen stimmen ein.

Später, am See, erzählt Anuschka Nixe davon.

„So'n blödes Getue von der Bixi", mault sie, am Stiel einer Glockenblume kauend. Nixe nimmt ihr die Blume sanft aus dem Mund.

„Laß das, die ist giftig. Und du hast unrecht. Ich meine, das war kein blödes Getue und kein falsches Mitleid, sondern diese Bixi ist ein nettes Mädchen und wollte einfach freundlich sein. Warum hast du nein gesagt?"

„Eben deshalb", beharrt Anuschka trotzig, „weil ich kein Mitleid will. Und außerdem wollte ich dich sehen."

„Du weißt, ich wäre auch morgen gekommen, Anuschka. Ich habe dir gesagt, ich bin deine Freundin und ich bin immer für dich da. – Und das mit dem Mitleid ist dumm von dir. Sei nicht zu stolz, Anuschka! Wenn jemand nett zu dir sein möchte, so hilf ihm, nett zu sein, stoß ihn nicht zurück. Du beklagst dich immer, du hättest keine Freundinnen. Hast du nicht selbst auch ein kleines bißchen Schuld daran?"

Anuschka schweigt.

Nixe kitzelt sie mit der Glockenblume, die sie ihr weggenommen hat, an der Nase.

„Sei doch ein bißchen lustig, An", bittet sie. „Das Leben ist so schön. Auch wenn es vollgepackt ist mit Problemen. Wenn ich dir das nur beibringen könnte, du dummes kleines Menschenschaf! Ich wäre so froh, wenn ich ein Mensch sein könnte."

Zum erstenmal sieht Anuschka in Nixes Augen etwas aufscheinen, das an Trauer erinnert. Eine tiefe, unerklärliche Traurigkeit.

„Nixe, du, Nixe...", flüstert Anuschka entsetzt.

Aber da lacht die Freundin schon wieder und die Augen schimmern hell und smaragdgrün wie gewöhnlich.

„Übrigens Schaf. Du bist wirklich ein Schaf, wenn du bei der Hitze in Jeans und Polohemd hier rumliegst. Zieh doch endlich einen Badeanzug an und komm mit ins Wasser."

Nixe schlenkert mit ihrem Schwanz und Anuschka nickt gehorsam.

„Okay, du hast recht, ich ziehe mich um."

Wenig später liegt sie in ihrem roten Badeanzug neben der Freundin. Sie liegt auf der rechten Seite, so daß sie mit dem linken gesunden Bein das rechte bedeckt. Nixe schaut sie an. Lange. Dann sagt sie: „Das hat keinen Sinn. Zeig dein Bein her. Zeig es mir und allen anderen Leuten. Es ist nicht häßlich, glaub es mir."

Zögernd dreht sich Anuschka um. Nun liegt ihr dünnes, „totes" Bein offen im Gras, offen in der Sonne, ihren eigenen und Nixes Blicken dargeboten. Anuschka schlägt die Augen nieder. Sie mag ihr eigenes Bein nicht ansehen. Sie schämt sich dieses Beines. Nixe berührt mit ihrer kühlen Hand das sonnenwarme Bein, sie streichelt es, läßt dann die Hand liegen, bis sie warm wird, die Wärme des „kranken" Beines in sich aufnimmt.

„Anuschka", sagt sie und schaut das Mädchen ruhig an aus ihren unergründlichen Augen.

Anuschka blickt Nixe erstaunt an. Für eine Sekunde durchzuckt es sie heiß. Nixes Hand auf ihrem Bein... Nixes Augen... Nixe ist kein Mensch, sie kann mehr, als Menschen begreifen... vielleicht kann sie auch... vielleicht gibt es Wunder...

Anuschka spürt, wie alles Blut zu ihrem Herzen strömt, wie sie zu zittern beginnt. Sie beißt sich auf die Lippe, doch es nützt nichts, auch die Lippe zittert.

„Nein, Anuschka, nein." Nixe schüttelt den Kopf, streichelt das Bein weiter, sanft und lieb und kühl. „Ich weiß, was du denkst. Es ist falsch. Sei nicht traurig, Anuschka, Nuschka, du. Ich kann es nicht. Ich kann nicht zaubern, ich kann keine Wunder geschehen lassen, ich kann dein Bein nicht gesund machen, ich kann nur..."

In Anuschka bricht irgend etwas. Mit einem erstickten Schluchzen sinkt sie zusammen, es war zu viel gewesen. Sie vergräbt das Gesicht im Gras, weint, weint, weint. Nixe rührt sich nicht, sie schweigt, streicht nur immer weiter sanft über das Bein.

Schließlich beruhigt sich Anuschka. Sie richtet sich auf, zieht die Nase hoch, wischt sich mit beiden Händen über die Augen.

„'tschuldige, Nixe, ich war blöd", murmelt sie und sucht vergeblich in ihrer Badetasche nach einem Taschentuch.

„Ach Unsinn, du warst ganz normal, und nun ist es vorbei", lächelt Nixe. „Bloß, ich hab leider auch kein Taschentuch", und sie macht eine vage Handbewegung, deutet auf ihren Schwanz.

Anuschka muß unter Tränen lachen. Und schließlich schneuzt sie sich in ein großes Blatt, das der Wind auf die Wiese geweht hat, und das geht auch.

„Ich sterbe vor Hitze", jammert Nixe etwas später. „Ich muß ins Wasser, komm doch mit. Wir schwimmen zu dem Felsen dort drüben, ich weiß da einen wunderschönen Platz."

Anuschka wird rot. „Ich kann nicht schwimmen", gesteht sie.

„Nein?" wundert sich Nixe. „Na gut, dann bringe ich es dir bei."

Anuschka schüttelt wild den Kopf. „Lach

mich nicht aus, Nixe", bittet sie, „aber ich habe Angst vor dem Wasser. Ich weiß nicht warum, alle verspotten mich deswegen, sogar meine Mutter, aber ich kann nichts dafür. Wenn mir das Wasser bis an die Brust steigt, dann... ich könnte schreien..."

„Es muß ja nicht heute sein", meint Nixe. „Vielleicht hast du doch einmal Lust, schwimmen zu lernen, dann sag es mir. Und ich glaube kaum, daß du eine bessere Schwimmlehrerin findest."

Schon muß Anuschka wieder lachen, und das Bittere wird weggeschwemmt. Das Bittere, das in der Erinnerung liegt, als ihre Klasse gemeinsam schwimmen lernen sollte. Damals war es noch die 4b gewesen. Alle, außer Anuschka, hatten mehr oder weniger gut gelernt, sich über Wasser zu halten, nur sie hatte beim ersten Versuch einen derartigen Weinkrampf bekommen, daß die Sportlehrerin ihre Mutter kommen ließ und sie in Zukunft vom Schwimmunterricht befreit wurde. Dadurch hatte Anuschka eine Freistunde pro Woche, aber auch einen kleinen, wehen

Schmerz, den Schmerz einer Niederlage, eines Versagens. Denn sie wußte, beim Schwimmen hätte sie ihr Bein nicht gestört wie bei anderen Sportarten. Schwimmen hätte sie lernen können, wenn, ja wenn sie nicht so ein Feigling gewesen wäre und noch heute ist.

Das Fünf-Uhr-Läuten klingt von der Kapelle herüber. Anuschka hört es kaum. Sie erzählt Nixe gerade, wie ihre Mutter neulich reagiert hat, als sie ihr beim Abendessen sagte, sie hätte eine Nixe getroffen.

„Da siehst du, wie wenig sie mir zuhört", klagt Anuschka.

„Ja, es ist schade", meint Nixe. „Wir müssen mal in Ruhe darüber reden, glaube ich. Aber solltest du nicht langsam heimgehen? Deine Mutter kommt gegen sechs Uhr nach Hause. Sie ist bestimmt müde. Wäre es nicht nett, wenn du einkaufen und das Abendessen für euch beide herrichten würdest, bevor sie kommt?"

Anuschka senkt den Blick. „Na ja, vielleicht", murmelt sie ein wenig verlegen.

Daß eine Wassernixe aus dem See mir so etwas sagen muß, denkt sie und schämt sich ein wenig.

„Außerdem geht in einer halben Stunde das Gewitter los", fährt Nixe fort, „dann ist es hier sowieso nicht mehr gemütlich. Lauf, Anuschka, bis morgen!"

Sie schnellt sich mit einem Schwung in das jetzt fahle, bleiern schimmernde Wasser und ist verschwunden, ehe Anuschka auch nur ein Wort sagen kann.

Sie wirft einen Blick zum Himmel. Schwarze Wolken türmen sich übereinander. Ein böser Wind läßt die Wipfel der Tannen zittern.

Nixe hat recht, stellt Anuschka fest, es ist höchste Zeit für mich, wenn ich nicht im Wald von dem Unwetter überrascht werden will. Und das will sie nicht, wenn sie sich auch nicht übermäßig vor Blitz und Donner fürchtet.

Während sie nach Hause eilt, gehen ihr Nixes Ermahnungen durch den Kopf. Sie soll einkaufen gehen, das Abendessen vorbereiten, um ihre Mutter zu entlasten. Sicher, Mutti hat sie oft *gebeten,* das zu tun. Sie hat es nie *verlangt.* Verlangen tut Mutti überhaupt nur ganz selten etwas, sie bittet darum, in ihrer flüchtigen, beiläufigen Art und Weise. Wenn Anuschka es dann nicht tut, macht sie eine gereizte Bemerkung, das ist alles.

Vielleicht sollte ich ihr wirklich mehr helfen, denkt Anuschka. Sie arbeitet schließlich acht oder neun Stunden, sie muß ja todmüde sein. Vielleicht ist sie sogar zu müde, um mit mir zu schimpfen, wenn ich nicht das getan habe, was sie erwartete... vielleicht ist sie manchmal sogar zu müde, um mir zuzuhören, wenn ich mit ihr reden möchte. Noch nie hat Anuschka so viel über ihre Mutter nachgedacht, oder vielmehr, *so* über ihre Mutter nachgedacht. Nixe hat den kleinen Finger auf ein Problem gelegt. Nun begreift Anuschka auf einmal. Begreift, daß sie vieles bisher nicht begriffen hat.

Als sie die Stadt erreicht hat, bricht das Gewitter los. Anuschka schwankt einen Moment lang. Sie könnte den Bus nehmen, ins Zentrum fahren, in einem Supermarkt einkaufen. Dann aber beschließt sie, doch zu Fuß zu laufen. Warum auch nicht? Sie ist schließlich heute schon einmal naß geworden. Und gehen tut ihrem Bein gut, hat der Arzt gesagt.

Als Anuschka mit zwei Tragtüten voll Butter, Milch, Wurst, Pfirsichen und ein paar anderen Dingen heimkommt, ist sie völlig durchweicht, aber in bester Stimmung. Die Mutter macht auf ihr Klingeln auf.

„Wie schaust denn du aus... hast du dich wieder herumgetrieben?“ fängt Frau Fabian an zu schimpfen. Doch da sieht sie die Einkaufstüten und Anuschkas frohes Gesicht, die strahlenden Augen unter dem triefenden Haar, das strahlende Lächeln... und sie lacht auch.

„Du nasse Ratte“, sagt sie, „komm bloß schnell ins Bad, gib mir die Tüten und leg dich in die Wanne, Schätzchen... lieb, daß du eingekauft hast.“

Das Lächeln, das in ihrem Gesicht aufleuchtet, ist flüchtig und immer noch von Müdigkeit überschattet. Doch Anuschka sieht es. Sie legt ihre nassen Arme spontan um den Hals der Mutter, murmelt in ihr Ohr: „Ja, ich geh schon ins Bad“, dann löst sie sich, wird rot, läuft davon, knallt die Badezimmertür hinter sich zu.

Frau Fabian steht da mit zwei tropfnassen

Plastiktüten in der Hand und wundert sich: „Das ist das erste Mal, daß Anuschka eingekauft hat, ohne daß ich es ihr dreimal sagen mußte."

## Anuschka ist wasserscheu Nixes Überredungskünste sind zwecklos

Der alljährliche Schulausflug war – natürlich – verregnet und für Anuschka eine einzige Qual gewesen. Nicht nur, daß das Wandern ihr mehr Mühe machte als den anderen Mädchen, sondern auch, weil sie sich einsam und traurig fühlte. Bixi und die anderen und auch die Lehrerin hatten gemeinsam herumgeblödelt, gescherzt, gelacht. Niemand hatte sich um Anuschka gekümmert, die mit verbissenem Gesicht zwanzig Meter hinter den anderen hergezottelt war. Zwei-, dreimal war eines der Mädchen zu ihr gekommen, hatte gefragt, ob ihr nicht gut sei, ob das Bein weh täte und hatte eine Unterhaltung mit ihr anfangen wollen.

Aber Anuschka hatte jedesmal scharf und voll Bitterkeit nur das Nötigste geantwortet, war kalt und unfreundlich gewesen, so lange, bis das Mädchen achselzuckend wieder abzog.

Am nächsten Tag scheint die Sonne wieder, sie scheint nie bei Schulwanderungen, dafür prinzipiell am Tag danach. Anuschka legt sich jetzt immer im Badeanzug auf die Wiese am Grünsee. Nixe hat sie davon überzeugt, daß es Unsinn ist, sich wegen ihres dünnen Beines zu schämen.

Das Bein ist nun schon schön braun geworden, und Anuschka muß zugeben, daß es gar nicht *soo* schlimm aussieht. Nixe hat sie noch ein paarmal zu überreden versucht, mit ihr schwimmen zu gehen, bzw. sich das Schwimmen von ihr beibringen zu lassen. Aber da war Anuschka jedesmal ganz starr geworden, hatte zu zittern begonnen und so erschrocken geschaut, daß Nixe das Gespräch schnell auf etwas anderes gebracht hatte.

„Du, weißt du, was ich möchte?" fragt Nixe an einem schwülen Nachmittag.

„Nein, keine Ahnung. Aber bitte nichts, was

mich strapaziert, es ist so heiß heute", lacht Anuschka.

„Nö, strapazieren tut es dich nicht, aber..."

Anuschka schaut auf, direkt in Nixes sprühend grüne Augen. „Nimm erst einen Kaugummi, und dann sag, was du möchtest", schlägt Anuschka vor.

Nixe wendet sich angeekelt ab. „Pfui Teufel, Kaugummi!" Sie schüttelt sich. „Willst du mich umbringen?"

Anuschka lacht: „Entschuldige, nein, umbringen wollte ich dich nicht."

Sie steckt sich den Kaugummi selbst in den Mund, ohne sich um Nixes Blick zu kümmern. „Na, was willst du? Du weißt doch, daß ich alles tue... schließlich sind wir Freundinnen."

„Also: Ich würde gern mal die Stadt sehen", erklärte Nixe und zum erstenmal wird *sie* rot.

Daß eine Wassernixe rot werden kann, wundert Anuschka. Dann lacht sie: „Warum nicht? Wenn du nicht *mehr* willst. Das kriegen wir schon hin. Bloß, ich fürchte, wir können schwerlich in die Stadt *gehen*..."

„Eben... das ist es ja", jammert Nixe. „Hast

du keine Idee?“

„Doch!“ Anuschka strahlt auf einmal. „Mein Rollstuhl! Damals, kurz nachdem ich die Kinderlähmung hatte, konnte ich überhaupt nicht laufen. Meine Eltern kauften einen Rollstuhl und fuhren mich spazieren. Er muß noch irgendwo stehen, im Keller wahrscheinlich. Ich werde ihn heute abend suchen und morgen können wir...“

„So? Mit meinem Schwanz?“ wendet Nixe ein.

„Nein natürlich nicht. Ich bringe einen von meinen Maxiröcken mit und eine Bluse. Dann ist alles o. k. Was willst du mehr?“

„Nichts“, lacht Nixe. „Du bist ein Schatz, Anuschka!“

Die Idee, mit Nixe ins Städtchen zu fahren, macht Anuschka riesigen Spaß. Die Leute sollen eine echte Nixe zu sehen bekommen – und sie werden es nicht ahnen.

Am Abend holte sie den alten Rollstuhl aus dem Keller. Er ist zwar völlig verstaubt, aber sonst tadellos. Der Mutter hat sie gesagt, sie wolle ihn einer Mitschülerin leihen, die sich den Fuß verletzt habe.

„Selbstverständlich", meint Frau Fabian. „Sie soll ihn behalten, so lange sie ihn braucht. Gott sei Dank hast du ihn nicht mehr nötig. Ich finde es übrigens nett, Anuschka, daß du auf einmal anfängst, dich auch um die Probleme anderer Mädchen zu kümmern und nicht nur um deine eigenen."

Anuschka wird ein wenig rot. Das Ganze ist ja nur eine Lüge, um nicht von Nixe erzählen zu müssen. Von Nixe sprechen, nein, das kann sie wirklich nicht, das würde niemand begreifen, Mutti am allerwenigsten. Als sie damals mit ihr über die Bekanntschaft mit Nixe reden wollte, hat sie bloß gelacht. Während Anuschka den Rollstuhl putzt, denkt sie darüber nach, daß die Mutter im Grunde recht hat, mit „den anderen". Sie interessiert sich nur für ihre eigenen Sorgen und Schwierigkeiten, schließlich hat sie ja auch genug. Aber sie hat sich auch nie irgendwelche Mühe gemacht, um jemand anderem zu helfen. Das mit dem Rollstuhl für Nixe, das zählt ja nicht, für die täte sie alles, außerdem handelt es sich um einen herrlichen Spaß. Aber warum soll ich mich um andere Leute kümmern, denkt Anuschka trotzig. Um mich kümmert sich ja auch keiner – außer Nixe. Anuschka grüßt nur flüchtig, als Frau Severin mit Stock und Mülleimer an ihr vorbeistapft. Sie denkt an morgen.

Hoffentlich ist wieder schönes Wetter, sonst macht der Stadbummel mit Nixe nur halb soviel Spaß...

„Bist du fertig?" Frau Fabian streckt den Kopf zum Fenster hinaus. „Es wird Zeit, daß du reinkommst. Es ist längst dunkel, du siehst ja nichts mehr."

„Gleich, Mutti", verspricht Anuschka.

Die Mutter sitzt im dunklen Wohnzimmer vor dem Fernsehapparat, eine Zigarette im Mund, ein Weinglas neben sich. Sie hat sich ein Kissen in den Rücken gestopft, abends hat sie immer solche Schmerzen, das kommt von dem ewigen Sitzen vor der Buchungsmaschine. Wahrscheinlich sind es die Bandscheiben, denkt Frau Fabian. Sie blickt auf den Bildschirm, hört nur mit halbem Ohr dem Dialog der beiden Frauen zu, die sich wegen irgend etwas streiten. Ich sollte wohl zum Arzt gehen, grübelt Frau

Fabian weiter. Aber der wird mir sagen, ich müsse jeden Tag eine Stunde schwimmen oder Gymnastik machen... oder den Beruf wechseln... Na ja, schwimmen, sooo schlecht wäre das nicht einmal, vielleicht könnte ich mit Anuschka gehen, sie müßte unbedingt endlich schwimmen lernen, diese Wasserscheu ist schon krankhaft...

„Anuschka", ruft sie hinüber in die Küche, wo sich das Mädchen gerade eine Tafel Schokolade aus dem Kühlschrank holt.

„Hmm?"

„Ich dachte mir gerade, es wäre doch nett, wenn wir in Zukunft gemeinsam zum Schwimmen gingen. Du könntest einen Schwimmkurs mitmachen. Ich würde dich..."

„Nie, Mutti", wehrt Anuschka heftig ab. „Fang nicht schon wieder damit an. Ich habe Angst vor dem Wasser, das weißt du doch. Und außerdem habe ich keine Lust."

Sie steckt einen neuen Riegel Schokolade in den Mund.

„Ja, ich weiß. Aber du hast es seit damals, seit dem Schwimmkurs in der Schule nicht mehr versucht. Es könnte doch sein, daß es dir jetzt leichter fiele, ins Wasser zu gehen als früher. Du bist älter geworden, vernünftiger."

„Nein", beharrt Anuschka störrisch.

„Es wäre auch gut für mich, weil ich wegen meiner Wirbelsäule schwimmen sollte", fährt Frau Fabian fort. Ihr Gesicht schimmert bläulich im Schein des Bildschirms. „Ich habe seit Monaten ständig Schmerzen im Rücken. Es ist scheußlich. Bisher habe ich mich davor gedrückt, zum Arzt zu..."

„Warum muß ich unbedingt schwimmen lernen", unterbricht Anuschka ihre Mutter. Sie hat ihren eigenen Gedanken nachgehangen, hat überhaupt nicht zugehört. „Es gibt genug Leute, die ebenso wasserscheu sind wie ich und die ganz gut dabei leben."

Frau Fabian beißt sich auf die Unterlippe – genau wie Anuschka es immer tut – und wendet sich dem Fernsehapparat wieder zu. Sie ist verletzt. Anuschka beklagt sich manchmal, daß ihre Mutter nicht genug Zeit für sie hat, sich nicht genug mit ihre beschäftigt, aber wenn *sie* einmal mit der Tochter reden möchte, wenn sie mit ihr spricht wie mit einer Erwachsenen, dann hört Anuschka nicht einmal zu. „Wenn du absolut nicht willst, dann lass' es eben bleiben", antwortet sie achselzuckend. „Wahrscheinlich wird es dir später leid tun, aber ich kann dich nicht zwingen... Und jetzt geh' schlafen, du mußt morgen früh raus."

Nun hat sie wieder den gelangweilten, leicht gereizten Ton, den Anuschka nicht leiden mag.

„Ich geh' ja schon", murrt sie, dreht sich um, schließt die Tür um eine Nuance zu laut.

## Ich bin Nixe Grünsee aus Wasserburg
## Ein lustiges Eisessen im Venezia

Den Rollstuhl bis hinaus zum Grünsee zu schieben, ist recht mühsam. Anuschka rinnt der Schweiß von der Stirn, noch ehe sie den halben Weg geschafft hat. Die Sonne knallt vom blauen Himmel, es ist wieder ein herrlicher Tag. Richtiges Ferienwetter. Nun ja, die Sommerferien fangen ja auch bald an. In einer Woche ist es soweit. Wenn Anuschka daran denkt, fühlt sie neben der Freude darüber, daß es dann sechs Wochen lang keine Schule, kein Latein und keine Mathematik gibt, einen leisen Stich. Alle anderen Mädchen verreisen irgendwohin, die meisten mit den Eltern, einige fahren zu Verwandten und Bekannten. Nur sie soll zu Hause bleiben. Mutti kann nicht fort, in ihrer Firma ist während der Monate Juli und August Urlaubssperre. Unfair, daß das auch für Mütter mit schulpflichtigen Kindern gilt, findet Anuschka, und Frau Fabian stimmt ihr zu. Aber die Firma bezahlt gut, besser als andere Unternehmen, und sie braucht das Geld, es reicht ohnehin nur knapp. Frau Fabian ist an jedem Monatsende froh, wenn sie glatt über die Runden gekommen ist, wie sie es nennt. Aber abgesehen von dieser Urlaubssperre wäre auch kein Geld da für eine Ferienreise. Das hat Frau Fabian ihrer Tochter schon vor ein paar Wochen erklärt.

„Wenn wir sparen, können wir während der Weihnachtsferien wegfahren“, tröstet sie Anuschka. „Winterurlaub ist sowieso viel gesünder."

Doch Weihnachten ist weit weg. Anuschka interessiert sich im Moment nur für die Sommerferien. Freilich, zu Paps könnte sie fahren, er hat sie für zwei Wochen eingeladen. Aber dazu hat Anuschka keine Lust. Sie mag Ursel nicht, sie kann die neue Frau des Vaters mit der scharfen Stimme und den zu bunten Farben im Gesicht nicht leiden, sie ist so kalt, und ihr Lachen ist nicht echt, findet sie. Und Paps ist nicht mehr ihr alter Paps, seit er Mutti und sie verlassen hat, um mit der anderen zu leben. Paps und Hamburg, das kommt also nicht in Frage. Und Oma, die wohnt in einer Einzimmerwohnung in München, der kann man keinen Logierbesuch zumuten. Außerdem, hier ist es im Sommer schöner als in der Großstadt. Hier ist der Wald nahe und der See... ach, sie hat ja Nixe, das ist ein Trost!

Anuschka lächelt vor sich hin, während sie den Rollstuhl durch den Wald schiebt. Wenn sie jeden Tag mit Nixe am Grünsee liegen kann, dann sind die Ferien eigentlich schon gerettet. Und für den Fall, daß es länger regnen sollte, müssen sie sich eben etwas einfallen lassen.

Durch das Brombeergestrüpp kann Anuschka den Rollstuhl nicht hindurchzwängen, deshalb hat sie sich mit Nixe heute auf der anderen Seite des Sees verabredet, dort, wo der Weg bis ans Wasser führt und wo sich gelegentlich auch andere Leute aufhalten.

Die beiden haben Glück. Als Anuschka den Weiher erreicht, ist kein Mensch zu sehen. Nach wenigen Minuten taucht Nixe aus dem grünen Wasser auf, strahlend, abenteuerlustig. Anuschka holt ein Badetuch aus ihrer Strandtasche, damit sich Nixe abtrocknen kann. Dann reicht sie der Freundin ihren schönsten, geblümten Maxirock und ein T-Shirt, das ihr selbst ein wenig zu weit ist. Hoffentlich paßt es der Freundin!

„Wunderbar“, kichert Nixe. Es klingt ein wenig dumpf, denn sie steckt gerade mit dem Kopf in dem weißen Hemdchen. Verstrubbelt kommt sie wieder daraus hervor. Gott sei Dank, das T-Shirt paßt. Wie angegossen. Mit Anuschkas Hilfe hat Nixe auch den Rock rasch angezogen. Und dann schwingt sie sich in den

Rollstuhl.

„Wie sehe ich aus?" will sie wissen. „Ich habe noch nie so etwas angehabt." Sie lacht. „Sieht es hübsch aus?"

„Bildschön", bestätigt Anuschka mit einer winzigen Spur von Neid in der Stimme. Nixe ist wirklich schön, schöner als jedes andere Mädchen, das Anuschka jemals gesehen hat. So hübsch wird sie selbst niemals sein mit ihrem schwarzen Haar und den ganz normal blauen Augen und dem kleinen dreieckigen braunen Gesicht, in dem die Sommersprossen wie winzige Kaffeespritzer auf Nase und Wangen tanzen... und mit dem dünnen, staksigen Bein... Aber Nixe ist auch kein normales Mädchen, Nixe ist eben Nixe, eine Seejungfrau, denkt Anuschka, und der Anflug von Neid ist verschwunden.

„Hier ist ein Spiegel, schau dich an", Anuschka hält Nixe ihr kleines Taschenspiegelchen hin. Nixe lächelt ihr Bild zufrieden an, streicht sich die Haare aus der Stirn.

„Von mir aus können wir aufbrechen", meint sie.

Anuschka ist froh, als sie die Hauptstraße erreicht haben. Den Rückweg auf dem Waldpfad mit Nixes 45 Kilo im Rollstuhl war noch anstrengender als der Hinweg. Aber nun ist es geschafft. Auf dem Asphalt rollt der Stuhl fast allein, manchmal, wenn es ein wenig bergab geht, muß Anuschka ihn sogar festhalten, damit er nicht davonfährt.

Als sie im Stadtzentrum angelangt sind, beginnt das Vergnügen. Nixe ist von allem begeistert. Von den bescheidenen Schaufenstern, vom Brunnen auf dem kurfürstlichen Platz, dessen wasserspeiende Drachen Anuschka immer abscheulich gefunden hat. Natürlich will Nixe die Schule sehen. Sie findet sie grau, düster, unfreundlich mit den Gitterstäben an den Fenstern.

„Alle Schulen sind so", meint Anuschka achselzuckend, „nur die ganz modernen sind besser. Aber man gewöhnt sich daran."

„Sieh mal Anusch, die vielen tollen Autos", ruft Nixe entzückt aus. Es ist vier Uhr nachmittags, Hauptverkehrszeit.

„Was, die Stinkdinger findest du schön?" empört sich Anuschka und rümpft die Nase, weil gerade ein goldfarbener Mercedes den Mädchen beim Start an der Kreuzung seine Auspuffwolke ins Gesicht bläst. Wie kann Nixe sich nur für Autos begeistern! wundert sie sich. Aber dann muß sie lachen. Natürlich. Für eine Wassernixe sind Autos etwas Fremdartiges, Sensationelles.

Im Stadtpark hat Nixe keine Augen für die Blumenrabatten und für die blühenden Linden. Sie beobachtet die Menschen, gibt ihre Kommentare über alle Passanten.

Erst nach einiger Zeit merken die beiden Mädchen, daß sie selbst mindestens ebensosehr beobachtet werden. Jeder, an dem Nixe und Anuschka vorbeikommmen, dreht sich nach den Mädchen um. Die Leute stecken die Köpfe zusammen, tuscheln. Einmal fängt Anuschka einen Satz auf: „Mein Gott! Wie traurig!" Die beiden „mittelalterlichen" Damen bleiben stehen und schütteln mitleidig die Köpfe. „Ein so hübsches Mädchen, eine kleine Schönheit geradezu – und gelähmt. Im Rollstuhl. Noch so jung und schon ein so tragisches Schicksal..." Anuschka und die Nixe werfen sich einen

Blick zu, dann fangen sie an zu kichern, sie können gar nicht mehr aufhören. „...und so fröhlich!" hören sie die eine Dame sagen, ihre Stimme bebt vor Rührung.

„Wenn die wüßten!" lacht Anuschka.

„Wenn die eine Ahnung hätten, was sich unter dem langen Rock befindet..." gluckst Nixe.

„Zeig ihnen doch dein niedliches, grünes Schwänzchen", albert Anuschka, und dann bleibt der Rollstuhl stehen, denn sie kann vor Lachen nicht mehr weitergehen, der Bauch tut ihr weh, sie lacht, lacht, lacht, daß ihr die Tränen über die Wangen laufen.

Nixes Schönheit fällt in der biederen Kleinstadt auf. Anuschka, die eigentlich ein recht hübsches Mädchen ist, verblaßt daneben völlig. Aber einigen Leuten erscheint sie doch bemerkenswert. Anuschka hört, wie ein vornehmer älterer Herr zu seiner jungen Begleiterin, seiner Tochter offenbar, sagt: „Schau dir das an, das arme, bildhübsche Mädel im Rollstuhl! Und die andere, die sie spazierenfährt. Das nenne ich Freundschaft. Oder, wenn du willst, Menschlichkeit. Ein Mädchen, das sicher lieber im

Strandbad liegen oder sonst was tun würde an einem so schönen Nachmittag... und sie opfert ihre Freizeit für die hilflose Freundin. Da könntest du dir ein Beispiel dran nehmen. Du denkst immer nur an dich und dein Vergnügen. Nie an die anderen, denen es schlechter geht als dir. Wenn es mehr so hilfsbereite Menschen gäbe wie dieses schwarzhaarige kleine Mädchen, dann wäre unsere Welt um einiges erfreulicher..." Die Tochter murmelte: „Na ja, Papi, aber..." Den Rest versteht Anuschka nicht mehr, denn die beiden entfernen sich. Anuschka blickt ihnen nach. Das war ein unverdientes Lob, denkt sie, halb belustigt, halb unsicher. Die Worte des fremden Herrn haben sie irgendwie berührt. Wir machen ja nur Jux, Nixe und ich. Eigentlich habe ich noch nie etwas für jemand anderen getan. Ich habe immer darauf gewartet, daß die anderen etwas für mich tun. Wenn die Menschen ein wenig hilfsbereiter wären, wäre unsere Welt um einiges erfreulicher, hat der Mann gesagt. Die Worte klingen in ihr nach. Ja, das stimmt sicher. Ähnliches hat sie schon oft gehört, hat es vielleicht selbst schon einmal ausgesprochen. Aber war sie eigentlich jemals hilfsbereit? Nein, muß sie sich beschämt eingestehen. Noch nie. Sie hat kaum das getan, was man von ihr verlangt hatte. Freiwillig geholfen – das hat sie nicht. Mit einer einzigen Ausnahme: Seit neulich kauft sie jeden Abend für die Mutter ein. Manchmal muß Nixe sie noch daran erinnern, doch meist bricht sie von selbst um Viertel nach fünf am Grünsee auf, dann schafft sie es gerade noch, vor sechs im Supermarkt alles Nötige zu besorgen und den Tisch zu decken, bevor Mutter gegen sechs Uhr heimkommt.

„Hallo, was ist mit dir? Träumst du?“ fragt Nixe.

„Ja, ein bißchen. Ich habe nachgedacht“, meint Anuschka. „Ich glaube, ich muß sogar noch mehr nachdenken. Aber jetzt könnte ich ein Eis vertragen. Du auch?“

„Ich habe noch nie ein Eis gegessen“, erklärt Nixe. „Ich würde es gern probieren, wenn du mich dazu einlädst.“

„Klar“, sagt Anuschka, „denn daß du kein Portemonnaie bei dir hast, das weiß ich...“

Die „Venezia"-Eisdiele hat Tischchen und Stühle aufs Trottoir gestellt, es herrscht Hochbetrieb. Doch Anuschka ergattert noch einen freien Tisch. Sie läßt sich auf eines der weißen Schnörkelstühlchen fallen, schiebt Nixes Rollstuhl neben sich.

„Uff. Jetzt geht's uns gut. Nixe, was für ein Eis möchtest du? Fräulein! Hier bitte! Können wir bestellen?"

„Ja, ja, ich komm gleich. Ich muß nur noch abkassieren", ruft die Kellnerin, „drei Paar Füße und fünf Hände müßte man haben..."

„Schokoladeneis bitte", hat sich Nixe inzwischen entschieden.

Als die Bedienung für die Mädchen Zeit hat, verlangt Anuschka: „Zweimal Schokoladeneis mit Schlagsahne und Baiser, die größte Portion, die es gibt."

Der Bummel mit Nixe muß gefeiert werden, und wenn ihr gesamtes Taschengeld für diese Woche dabei draufgeht, es macht ihr nichts aus.

Sie freut sich zu sehen, wie Nixe ein kleines Löffelchen voll Eis und Sahne und Baiser in den Mund steckt, ganz vorsichtig, wie sie schleckt und schluckt, wie ihre Augen immer runder werden und wie sie zuletzt strahlend erklärt: „Herrlich, so was Gutes gibt es – zumindest für mich – nur einmal alle hundert Jahre.“

Ein bißchen später sieht Anuschka, wie sich eine Dame zwischen den Tischchen durchzwängt, auf der Suche nach einem Platz.

Anuschka stößt Nixe an und flüstert: „Du, schau mal, die Dame da drüben, die mit der Brille und den kurzen Haaren und den roten Backen – das ist meine Klassenlehrerin.“

„Aha...“ Nixe guckt neugierig, kleckert etwas Eis auf Anuschkas besten Maxirock.

In diesem Augenblick entdeckt die Lehrerin die Mädchen und gleichzeitig einen freien Tisch hinter ihnen. Sie winkt Anuschka zu, nähert sich.

„Grüß dich, Anuschka“, Fräulein Apfelroth bleibt stehen, „schmeckt das Eis?“

Sie ist noch jung, eine etwas derbe Erscheinung, Chemie und Biologie, Turnen, kein Make-up, dicke Beine, plumpe Faltenröcke und eine schlecht geschnittene Frisur, die Brille nimmt sie nur ab, wenn sie vom Dreimeterbrett springt oder eine Barrenübung vormacht. Sie hat freundliche Augen und ein kameradschaftliches Lächeln. Und sie versteht es, Chemie und Biologie so zu unterrichten, daß die Mädchen der 6b restlos begeistert sind. Fräulein Apfelroth wirft einen neugierigen Blick auf Nixe, sie macht noch keine Anstalten weiterzugehen.

„Und wer?..."

Es bleibt Anuschka nichts anderes übrig, als ihre Begleiterin vorzustellen.

„Das ist meine Freundin aus... aus..."

Woher denn bloß in drei Teufels Namen, was soll sie sagen? Anuschka imitiert einen Hustenanfall und schnaubt sich danach gründlich die Nase – ausnahmsweise hat sie ein Taschentuch dabei. Die Technik mit dem Hustenanfall ist erprobt, sie wendet sie in allen Situationen an, wo sie Bedenkzeit braucht.

Dann blitzt es plötzlich in ihren Augen auf. Sie niest noch einmal und erklärt dann: „Aus Wasserburg." Sie blinzelt Nixe zu, die eine Haarsträhne ins Gesicht zieht, um ihr Lachen zu verbergen.

„Und sie heißt... Nixe Grünsee", beendet

Anuschka schwungvoll die Vorstellung. Nixe Grünsee aus Wasserburg, hab ich das nicht schön erfunden, denkt Anuschka und freut sich. Sie ärgert sich oft, daß sie nicht so schlagfertig ist wie manche anderen Mädchen, daß ihr die witzigen, originellen Sachen immer erst zu spät einfallen. Heute fühlt sie sich wie ausgewechselt, leicht, frei, unbeschwert. Nixe gluckst hinter ihrem Haarvorhang. Fräulein Apfelroth bemerkt es nicht.

„Ein hübscher Name", meint sie, „Nixe. Und Grünsee – genau wie unser Grünsee?"

Anuschka nickt. „Genauso, ja."

„Wie lustig! – Es ist natürlich traurig, daß du im Rollstuhl sitzen mußt, Nixe", fährt Fräulein Apfelroth fort. Sehr freundlich, aber etwas mitleidig fragt sie: „Hast du dich verletzt? Oder kannst du überhaupt nicht gehen, bist du gelähmt? Aber Anuschka kümmert sich ja um dich, so daß du trotzdem etwas von unserer Stadt siehst. Übrigens, dein Rock ist entzükkend. Diese Farben, ganz reizend..."

Sie redet, anscheinend macht es ihr Spaß, sich mit den Mädchen zu unterhalten. Dabei befühlt sie den Stoff des langen Rockes, hebt die Rüsche am Saum ein wenig hoch und... Anuschka stockt der Atem: Unter dem rot und blau und rosa geblümten Volant kommt etwas grünlich Schillerndes zum Vorschein, etwas Schuppiges... ein Stückchen von Nixes Schwanzflosse. Du lieber Schreck! Wenn die Lehrerin das entdeckt... dann... ja, was wird sie dann tun? Was wird sie sagen? Was wird sie denken? Mein Gott, gäbe das einen Zirkus!

Anuschka wird es heiß und kalt. Sie will nicht, daß irgend jemand erfährt, wer Nixe Grünsee aus Wasserburg in Wirklichkeit ist, nein, nein, das ist ihr Geheimnis. Nixe ist *ihre* Nixe. Sie will sie mit niemandem teilen. Und nicht nur das... Anuschka weiß auch nicht, wie Nixe reagieren würde, wenn...! Vielleicht würde sie verschwinden. Sich in Luft auflösen. Oder morgen davonschwimmen. Oder... Es wäre furchtbar traurig. Nur das nicht! Sie braucht ihre Freundin. Sie braucht die Nixe.

Anuschka beißt sich in die Lippe. Schweißtröpfchen perlen auf ihrer Stirn.

„Heiß, nicht wahr?" murmelt sie, um die

Lehrerin abzulenken. Fräulein Apfelroth wendet sich ihr zu, freundlich lächelnd, offensichtlich froh darüber, daß diese schwierige, unzugängliche und sonst immer so scheue Schülerin, die ihr leid tut, weil sie in der Klasse abseits steht und einen unglücklichen Eindruck macht, daß diese Schülerin heute so entspannt und vergnügt ist und sogar freiwillig mit ihr eine Unterhaltung führt. Denn sonst, in der Schule, ist Anuschka jedem Versuch der Lehrerin, ein Gespräch mit ihr anzuknüpfen, ausgewichen.

„Sehr heiß, das finde ich auch", stimmt sie zu. „Ich esse sonst nicht gern Eis – eine richtige Brotzeit mit Würstchen und Bier ist mir lieber. Aber bei einer solchen Treibhausschwüle werde ich mir doch mal einen Eisbecher zu Gemüte führen."

Sachte greift Anuschka nach dem Rocksaum. Sie fragt Fräulein Apfelroth: „Was für Eis wollen Sie denn bestellen?" Sie weiß, daß sie dummes Zeug redet, zieht den leichten Stoff ganz, ganz sachte über die Flosse. Geschafft! Fräulein Apfelroth hat nichts gemerkt, auch niemand anderer in der Nachbarschaft. Fräulein Apfelroth verbreitet sich darüber, daß sie, „wenn schon Eis, dann wohl am besten ein frisches Zitroneneis..."

Anuschka kriegt wieder einen Hustenanfall, so komisch findet sie auf einmal die Situation.

Nixe hat Anuschkas Finger gespürt und auch begriffen, was los war. Sie kichert immer hemmungsloser. Bis die Lehrerin mitten im Satz abbricht und leicht pikiert erklärt: „Ihr scheint sehr guter Laune zu sein, ihr beiden, ihr lacht ja pausenlos vor euch hin. Über mich etwa?"

Sie zieht die Brauen hoch, das Lächeln liegt zwar noch auf ihrem Gesicht, aber es ist – verständlicherweise – nicht mehr ganz so freundlich wie bisher.

Anuschka bekommt einen roten Kopf und entschuldigt sich: „Nein, nein, sicher nicht, wir sind bloß so albern aufgelegt, Nixe und ich."

Fräulein Apfelroth hat jedoch die Lust am Plaudern verloren, wünscht den Mädchen noch kurz: „Dann laßt es euch weiter schmecken und amüsiert euch gut." Sie setzt sich an den freien Tisch und zündet sich eine Zigarette an.

„Nixe, dein Schwanz! Hast du es gemerkt?"

flüstert Anuschka der Freundin ins Ohr, „ich dachte, ich werd verrückt..."

Am Abend, als Nixe längst wieder im Grünsee schwimmt und Anuschka in ihrem Bett liegt, denkt sie darüber nach, daß heute ein herrlicher Tag war, daß sie diesen Stadtbummel mit Nixe nie vergessen wird, obwohl eigentlich gar nichts Besonderes passiert ist. Einfach, weil sie mit einer Freundin Eis gegessen hat, mit einer *Freundin* gequatscht und gelacht und gealbert hat... Ja, sie sind schrecklich albern gewesen... und gerade das war schön. Denn Anuschka kennt das nicht, mit einer Freundin albern zu sein, wie es Mädchen in ihrem Alter so gern sind, wie es die Mädchen der 6b beinahe jeden Tag sind. Anuschka lächelt vergnügt vor sich hin, wälzt sich dann auf den Bauch – sie schläft am liebsten auf dem Bauch – und murmelt: „Nixe Grünsee aus Wasserburg... ich könnte mich noch jetzt vor Lachen kringeln. Wenn die Apfeline wüßte, mit wem sie sich unterhalten hat... sie hätte sicher eine schlaflose Nacht."

Noch einmal kichert Anuschka in der Erinnerung. Dann erlischt ihr Lächeln. Nixe ist ihre einzige Freundin. Seitdem sie da ist, fühlt sich Anuschka zum erstenmal seit langer Zeit glücklich. Wie lange wird Nixe bleiben? Eines Tages wird sie fortgehen und dann?

## Anuschka erlebt eine Enttäuschung Aber Nixe weiß immer einen Rat

Auch im schönsten Sommer regnet es hin und wieder – zumindest in Bayern. Anuschka läßt sich nicht abhalten, auch bei schlechtem Wetter zum Grünsee zu pilgern. Im Wollpulli, den alten Parka bis oben zugeknöpft, hockt sie am Ufer des Sees, die Mütze tief ins Gesicht gezogen. Alles ist grau und ungemütlich, es tropft vom Himmel, von den Bäumen. Dort wo das Schilf anfängt, sitzt eine Kröte, aber sie hat sicher keine goldenen Augen, es ist bestimmt eine ganz gewöhnliche Kröte, und Anuschka schenkt ihr auch keine Aufmerksamkeit. Sie bespricht mit Nixe ein Problem. Eines ihrer größten Probleme: Die Frage, wie sie Anschluß an die anderen Mädchen ihrer Klasse finden könnte, damit sie nicht immer allein ist, nicht immer abseits steht. Während Anuschka trotz Pullover und Parka fröstelt, liegt Nixe nackt, schuppenschwänzig und voller Wohlbehagen im regentriefenden Gras.

„Du hast's gut!" beneidet Anuschka die Freundin. „Nixenblut, Fischblut. Da friert man nicht...", und sie zieht den Hals noch etwas mehr ein, damit der Regen nicht in den Kragen tropft.

„Du hast zu viele Hemmungen, Anuschka", sagt Nixe. „Du bildest dir nur ein, daß die Mädchen dich nicht wollen. Wahrscheinlich bist du selbst recht abweisend – ja, ja, ich weiß, du willst es im Grunde nicht sein, aber du wirkst so. Stimmt's?"

Anuschka überlegt, zuckt die Achseln. „Mag sein", gibt sie zu. „Ich mag mich nicht aufdrängen."

„Aufdrängen!" ruft Nixe. „Wer redet von Aufdrängen!"

Die Kröte ist näher gekommen, Nixe streichelt ihr gedankenverloren den Rücken.

„Ihr seid eine Klasse. Ihr gehört zusammen." Die Kröte läßt sich das Streicheln gefallen, scheint es sogar zu genießen. Anuschka schaudert innerlich. Wie kann man nur so ein widerliches Biest anfassen, denkt sie.

„Wenn die Mädchen das nächste Mal etwas verabreden, fragst du einfach, ob du mitkommen darfst. Sie werden bestimmt nicht nein sagen, sondern dich in ihren Kreis aufnehmen. Wenn du selbst ein bißchen nett bist, Anuschka. Du darfst nämlich auch nicht erwarten, daß sich alle um dich reißen, dich verwöhnen, sich auch nur um dich kümmern – bloß wegen deines Beins?"

Anuschka nickt. Nickt noch einmal, entschlossen.

„Gut, Nixe, ich werde es probieren. Vielleicht hast du recht." Sie wirft noch einen Blick auf die Kröte. Hat sie nicht doch goldene Augen? Schaut sie nicht geradezu intelligent? Ob sie eine ganz normale Kröte ist? Oder mehr... Eigentlich sind Kröten gar nicht *so* häßlich, stellt das Mädchen plötzlich fest. Nicht schön, nein, das nicht, aber auch nicht widerlich. Es sind Lebewesen, Tiere, interessante Tiere sogar.

Der Regen wird stärker.

„Wie abscheulich für dich“, bedauert Nixe die Freundin. „Wir sollten ins Wasser gehen, da ist es viel angenehmer…“

„Pfui Teufel!“ Anuschka fühlt, wie ihr eine Gänsehaut den Rücken entlangläuft bei der bloßen Vorstellung.

„Na ja…“ Nixe scheint zu merken, daß sie mit ihrem Vorschlag keine Begeisterung auslöst. „Die Geschmäcker sind verschieden, du bist eben keine Nixe. Aber ganz allgemein: Es ist eine Schande, daß du nicht schwimmen lernen willst. Ich würde es dir gern beibringen… nicht bei Regen“, lacht sie, als sie Anuschkas entsetzte Augen sieht, „an einem schönen, warmen Tag.“

Anuschka schüttelt den Kopf. „Nie! Alles, was du willst, Nixe, aber das nicht.“

Ein anderer Nachmittag, nicht verregnet, sondern bleiern schwül. Während Anuschka sich durch die Brombeerbüsche zwängt, ohne darauf zu achten, daß die Dornen sie böse zerkratzen, rinnen ihr die Tränen über die Wangen. Sie ist hergekommen, ohne vorher etwas zu essen, gleich nach der Schule bzw. direkt von der „Venezia“. Sie konnte nicht anders, sie ist so unglücklich. Anuschka zieht die Nase hoch, schlägt nach einer Bremse. Zu spät, sie hat schon zugestochen. Mistviecher, diese Bremsen! Hoffentlich sind keine Leute am See, und hoffentlich ist Nixe da. Der Bremsenstich am Arm juckt. Die Tränen fließen. Es war alles umsonst!

Sie hat Nixes Rat befolgt. Bis Bixi, Musch und Tine und alle anderen heute beschlossen, vor dem Heimgehen einen Abstecher zur „Venezia“ zu machen, ist sie nicht wie sonst stumm abseits gestanden, sondern hat Bixi gefragt: „Ich hätte auch Lust auf ein Eis. Habt ihr was dagegen, wenn ich mitkomme?“

Sie hatte sich große Mühe gegeben, es beiläufig und völlig natürlich klingen zu lassen, obwohl ihr das Herz in der Brust klopfte wie ein Hammer. Es hört sich blöd an, wenn man das so sagt, „wie ein Hammer". Aber es stimmt! Mein Herz klopfte tatsächlich wie ein elender, kleiner, gemein harter Eisenhammer. Oh verflixt nochmal... Bixi hatte sie kaum angesehen, sie war gerade damit beschäftigt, den Verschluß ihrer Schulmappe zu reparieren, der sich aus unerfindlichen Gründen gelöst hatte. „Klar", meinte sie. „Natürlich kannst du mitkommen. Warum nicht? Aber wir nehmen die Räder."

„Ach so."

„Also Servus, bis gleich. He, Popsy, du, hör mal, hast du zufällig eine Sicherheitsnadel, ich kriege den Griff von dieser saublöden Mappe nicht hin... Bis später, Anuschka, wir treffen uns in der ‚Venezia'."

„Ich komme nach, so schnell ich kann", hatte Anuschka gemurmelt, und Bixi hatte genickt, lächelnd, freundlich, gleichgültig.

Anuschka schluchzt laut auf, fährt sich mit der Hand über die Nase, sie hat wieder mal kein Taschentuch, natürlich. Sie hat nie ein Taschentuch, wenn sie eins braucht, ärgert sie sich. Andere Mädchen haben vermutlich auch Taschentücher parat, wenn sie heulen, bloß ich nicht...

„Da bist du ja, Anuschka... Ach... Da ist was schiefgegangen... Anusch..."

Nixe räkelt sich im Gras, blickt Anuschka mit ihren großen, verständnisvollen Augen an.

„Anusch... setz dich her... und erzähl... du, nicht weinen!"

Anuschka läßt sich ins Gras fallen, schleudert die Sandalen von den Füßen, zieht noch einmal kräftig die Nase hoch. Und dann berichtet sie. Alles. Von Anfang bis Ende. Am Ende weint sie wieder. Denn sie war in der „Venezia" angekommen, als die anderen schon um einen Tisch saßen, dicht gedrängt. Sie hatten sich alle freien Stühle zusammengerückt, zehn Mädchen um einen kleinen Kaffeehaustisch. Eisbecher standen vor ihnen. Sie lachten, schluckten, kicherten.

„Hallo", hatte Anuschka gesagt. Zu leise vermutlich, denn niemand antwortete. Sie war dagestanden, am Straßenrand, neben den Tischen und Stühlen der Eisdiele und hatte ein zweites Mal „Hallo" gemurmelt. Ein Tisch mit alten Damen trennte sie vom Tisch der Klasse

6b. Die Mädchen schienen gerade vor Lachen zu explodieren. Anuschka war wie versteinert, innerlich heiß und kalt, dem Weinen nahe, und hatte bis drei gezählt. Und dann noch einmal bis drei. Und dann hatte sie sich brüsk umgedreht und war, so schnell sie konnte, davongelaufen. Zum Grünsee. Zu Nixe.

„Sie mögen mich nicht", schluchzte sie, das Gesicht halb im Gras verborgen, im Gras, das heute wieder warm und duftend und trocken ist, das nach Sonne und Sommer riecht. „Niemand mag mich. Außer dir."

„Du bist ein Schaf", sagt Nixe. „Das größte Schaf, das mir seit hundert Jahren begegnet ist, na ja, das will nicht viel heißen", sagt Nixe.

Anuschka muß unter Tränen lächeln. Nixe, diese Nixe, denkt sie. Aber dann weint sie doch weiter, es ist so schön, so entspannend, wenn man sich bei einer Freundin ausweinen darf.

„Davonrennen, das ist immer deine einzige Lösung", schimpft Nixe. „Hätten sie alle aufspringen und einen Begrüßungschor anstimmen sollen, als du auftauchtest? – Na also. Du hättest dich einfach dazusetzen sollen, ein Eis bestellen, mitreden, lustig sein. Nicht immer eine Sonderbehandlung erwarten, Anuschka. Hast du gesehen, ob nicht eine dir vielleicht doch zugewinkt hat, du sollst kommen? Diese Bixi oder eine andere. Und du hast dich umgedreht und bist gegangen. Da war *sie* vielleicht enttäuscht und verärgert. Anuschka!..."

Vielleicht hat Nixe recht, denkt Anuschka. Und sie weint noch mehr. Weil alles schiefgegangen ist heute. Weil sie vielleicht selbst daran schuld ist.

Im Schilf sitzt die Kröte von neulich. Hat sie nicht doch goldene Augen? Sie kommt nicht näher, sie hockt in einiger Entfernung, blickt zu Anuschka und der Nixe herüber und denkt... Wer weiß schon, was eine Kröte mit goldenen Augen denkt?

Nixe streicht der Freundin über das Haar. Sie läßt Anuschka sich ausweinen, sie weiß, daß man das manchmal nötig hat.

Später, als Anuschka bloß noch schnieft, meint sie: „Sei nicht traurig, hab' ein bißchen Mut, versuch' es noch einmal. Sei *du* zuerst nett und freundlich zu den anderen. Vielleicht kannst du der einen oder anderen aus deiner Klasse auch mal helfen, ich weiß ja nicht... Wichtig ist, daß *du* den Menschen entgegengehen mußt, Anuschka, nicht darauf warten, daß sie zu dir kommen. Glaub' mir, das ist die Weisheit einer alten Nixe."

Sie lacht und Anuschka lacht mit verschwollenen Augen und roter Nase mit.

Nixe. Ach ja, wenn Nixe nicht wäre. Sie ist klug. Und sie ist *da.* Und vor allem, sie ist eine echte Freundin. Daß sie einen Fischschwanz hat, daß ein ungeheures Geheimnis um sie ist, das vergißt Anuschka jetzt manchmal. Nixe, die ist für sie der Kamerad, der ihr immer gefehlt hat.

## Anuschka überwindet ihre Angst
## Hurra! Schwimmen ist doch toll!

Nixe plätschert im See, nahe dem Ufer. Sie trägt auf dem Silberhaar, auf dem Perlmutthaar, auf dem die Sonne schimmert, einen Kranz aus

Butterblumen, ein wenig verwelkt schon, aber immer noch dekorativ. Anuschka hat ihn geflochten. Sie sitzt am Ufer, baumelt mit den Beinen im Teich und findet ihre Freundin bildschön.

„Wie eine Wasserjungfrau aus dem Märchenbuch siehst du aus, Nixe", erklärt sie.

„Mag sein", sagt Nixe, „aber der Kranz kitzelt mich an den Ohren."

„Nimm dich zusammen, Schönheit muß leiden", lacht Anuschka. „Morgen bringe ich einen frischen Kranz mit – und meinen Fotoapparat. Ich möchte ein paar Bilder von dir machen. Du schaust so süß aus!

„Nein", sagt Nixe.

Mücken surren, die Sonne flimmert, sie sticht, es wird vielleicht heute noch ein Gewitter geben.

„Nein", wiederholt Nixe. „Tu es nicht. Der Film würde leer bleiben, Anuschka. Vergiß nicht, ich..."

„Ja, ich weiß, ich verstehe", murmelt Anuschka und sie denkt dabei, daß sie manchmal, immer öfter, tatsächlich vergißt, daß ihre

Freundin... eben eine... Nixe ist und kein Mensch.

„Nixe, Nixe, das mit dem Fotografieren war eine blöde Idee, ich weiß. Es ist nicht wichtig, nur... bleib hier, geh' nicht fort... noch nicht..."

Anuschka grübelt oft darüber nach, wie es sein wird ohne Nixe, wenn sie heimgegangen ist... Heim? Wohin? Dahin, wo sie herkommt. Sie denkt daran, wenn sie abends nicht einschlafen kann. Und sie landet jedesmal bei der Frage: Wo kommt Nixe her? Wo lebt sie? Wo geht – schwimmt sie hin, wenn Anuschka und sie sich trennen, abends gegen sechs Uhr am Grünsee... so viele Fragen. Keine Antwort. Anuschka spürt, sie darf diese Fragen nicht stellen. Wenn sie es täte, wäre Nixe traurig, vielleicht sogar böse, aber auf jeden Fall würde sie nichts sagen, höchstens: „Es gibt viele Geheimnisse, Anuschka, mehr als du ahnst; versuche, mein Geheimnis zu respektieren... bitte..."

„Anuschka", sagt Nixe jetzt, „ich möchte, daß du schwimmen lernst. Morgen bekommst du Ferien, du hast Zeit, keine Sorgen, nichts, was dich stört und belastet.“

Nixe schlängelt sich aus dem Wasser, legt sich neben Anuschka ins Gras. Am anderen Ufer des Grünsees liegen ein paar Leute, aber sie sind so weit entfernt, daß sie niemals erkennen können, daß eines der beiden schlanken jungen Mädchen auf der schilfumsäumten Wiese keine Beine hat, sondern...

„Sag nicht wieder nein“, fährt Nixe fort, bevor Anuschka ihre übliche abwehrende Bewegung machen kann, „ich kenn' das schon. Du sagst immer nein, Anuschka, viel zu oft im Leben. Weißt du überhaupt, daß Schwimmen der einzige Sport ist, den du ebensogut ausüben kannst wie jedes andere, völlig gesunde Mädchen? Dabei stört dein Bein dich nicht. Das ist nicht ganz unwichtig, oder? Und dann: Kennst du die Welt unter Wasser? Ahnst du, wie schön es dort ist, ahnst du, was du sehen, erleben könntest, wenn du ein kleines bißchen Mut aufbringen könntest? Anuschka!“

Anuschka schüttelt den Kopf.

„Ich bin dumm. Ich bin doof. Was du willst“, erregt sie sich, „aber ich gehe nicht ins Wasser.“

„Auch nicht, wenn ich dich darum bitte?“ fragt Nixe. „Es muß sein. Für dich.“ Nixes Stimme klingt beschwörend.

Anuschka schaut die Freundin lange an, dann schüttelt sie wieder den Kopf.

„Nixe, ich kann einfach nicht“, murmelt sie. „Versteh’ doch...“

„Tu es für mich“, bittet Nixe. „Ich hab’ dich nie um etwas gebeten, Anuschka. Jetzt bitte ich dich.“

Nixes Stimme ist wie ein Singen ohne Musik, Nixes Stimme ist wie die Beschwörungsformel einer Zauberin, wenn Nixe spricht, bittet... Anuschka blickt die Freundin an, die Seejungfrau mit den verwelkenden Blüten im Perlmutthaar, mit den grünen Augen, die Nixenaugen sind, fremd, grün, unergründlich. Aber es sind auch Freundinnenaugen, es sind Augen, denen Anuschka unbedingt vertraut. Nixe ist ihre Freundin. Sie hat sie nie betrogen. Wenn Nixe sagt... wenn Nixe meint... wenn Nixe sie *bittet.* Anuschka schaudert trotz der sommerlichen Wärme. Sie zögert.

Nixe schaut sie an, sucht ihren Blick.

„Anuschka!“

Anuschka rupft Gräser aus. Anuschka kaut an ihrer Lippe. Anuschka schließt die Augen, reißt sie wieder auf, begegnet Nixes Augen. Anuschka nickt. „Gut“, sagt sie, „wenn du es willst.“

„Komm“, sagt Nixe, „komm endlich, du hast einen Badeanzug an, es ist warm, also...“

Langsam geht Anuschka ins Wasser. Der See ist kalt, das Wasser steigt an ihren Beinen empor, an den Schenkeln, es berührt den Bauch, läßt sie erschaudern, Gänsehaut an Armen und Brust.

„Ich hab' Angst“, flüstert sie.

„Nimm meine Hand!“ Nixe reicht Anuschka ihre kleine, weiße Hand. „Laß dich fallen!“ verlangt sie.

Anuschka macht die Augen zu. Ich habe Angst, Angst, Angst, denkt sie. Vielleicht sterbe ich, ertrinke ich, das Wasser bringt mich um... nein, wenn Nixe bei mir ist, wird mir nichts passieren. Nixe hilft mir. Anuschka öffnet die Augen. „Also los!“ sagt sie.

„Du kennst die Schwimmbewegungen, nicht

wahr?“ fragt Nixe.

Anuschka nickt.

„Dann ist es ganz einfach. Ich halte dich.“

Das Seltsame ist, daß es *wirklich* ganz einfach ist. Anuschka macht die Bewegungen, die sie gelernt hat, damals, bevor sie tödlich erschrokken den Schwimmkurs aufgab. Sie spürt das Wasser bis zum Hals, bis zum Kinn, überall, kalt, böse, schrecklich, aber sie spürt auch Nixes Hand, die sie hält, beschützt. Anuschka macht die Augen zu und schwimmt. Schwimmt.

„Bravo, Anuschka. War es wirklich sooo schlimm?“

Nixes Stimme weckt sie wie aus einem Zauber. Anuschka merkt, daß die Freundin sie längst losgelassen hat, daß sie ganz allein neben Nixe herschwimmt, und daß es nicht nur nicht schlimm, sondern sogar schön ist. Schön, im Wasser zu schweben, gewichtlos, schön, ihr schwaches, dünnes Bein vergessen zu können. Denn im Wasser, beim Schwimmen, ist es genausogut wie das gesunde Bein.

Verblüfft über sich selbst schüttelt Anuschka

den Kopf, macht den Mund auf: „Schwimmen ist wirklich ..." *toll,* will sie sagen, aber sie bringt es nicht mehr heraus, denn sie hat, ungeschickt wie sie bei dem ihr ungewohnten Sport ist, Wasser geschluckt, spuckt, hustet, ringt nach Luft – und vergißt dabei, die Schwimmbewegungen zu machen. Im Augenblick ist Nixe bei ihr, greift nach ihr, hält ihr den Kopf, legt ihren weißen Arm unter Anuschkas Bauch, so daß sie nicht untergeht.

„Ruhig, Anuschka, nicht nervös werden!"

Anuschka hustet noch einmal, findet langsam wieder in den Takt zurück.

„Für heute ist es genug", bestimmt Nixe, „wir schwimmen zum Ufer."

Anuschka nickt stumm. Sie macht den Mund nicht mehr auf, noch einmal so dumm verschlucken will sie sich nicht. Konzentriert schwimmt sie dem Wiesenufer entgegen, zählt in Gedanken mit, eins und zwei ... eins und zwei, vor und zur Seite und vor und wieder zur Seite ... und wundert sich, daß sie auch jetzt keine Angst spürt, nachdem sie doch Wasser geschluckt hat und beinahe mit dem Kopf unfreiwillig untergetaucht ist. Komisch. Schwimmen ist so leicht. Und sie hat sich jahrelang davor gegrault. Da mußte erst Nixe kommen . . . Danke, Nixe, denkt Anuschka.

Und als die beiden Mädchen wenig später im Gras liegen und sich die Sonne auf den Rücken brennen lassen, sagt Anuschka es auch: „Danke Nixe. Ich bin so froh, daß du mich zum Schwimmen überredet hast. Sonst hätte ich wohl noch jahrelang diese Angst vor dem tiefen Wasser gehabt."

Nixe lächelt. „Siehst du! Es gibt nichts Natürlicheres als zu schwimmen. In den nächsten Wochen werde ich dir alle Tricks beibringen. Und Tauchen. Und Springen. Da drüben von dem Stein geht das wunderbar. Aber eines, Anuschka! Heute war es für dich leichter, weil ich bei dir war, weil du bei all deiner Angst zu einer Wassernixe noch Vertrauen hattest. Du dachtest, wenn eine *Nixe* mich festhält, dann kann nichts passieren, hab ich recht?"

Anuschka nickt. „Ja."

„Im Grunde hättest du das Schwimmen genauso mit irgend jemand anderem lernen können, in einem normalen Schwimmkurs oder mit deiner Mutter zum Beispiel.“

„Hm“, sagt Anuschka und dabei fällt ihr ein, daß Mutti mit ihr hatte schwimmen gehen wollen. Und sie hatte abgelehnt. Nicht sehr freundlich übrigens, das muß sie zugeben, wenn sie vor sich selbst ehrlich ist. Vielleicht, denkt Anuschka, wenn Nixe ein bißchen mit ihr trainiert hat, so daß sie sich im Wasser halbwegs sicher fühlt, dann könnte sie Mutti mit ihrer neuen Kunst überraschen und ihr vorschlagen, von nun an gemeinsam zu schwimmen. Es wäre sicher nett.

„Deine Mutter würde sich bestimmt freuen, wenn du mit ihr schwimmen gingest“, meinte Nixe.

Kann sie Gedanken lesen, fragt sich Anuschka verwirrt. Was kann sie alles, diese Nixe, dieses geheimnisvolle Wesen?

„Deine Mutter ist genauso einsam wie du. Ich glaube, sie wünscht sich eine Freundin – wie du. Warum könnt ihr beide nicht ein bißchen zusammenhalten? Versuch es, Anusch, du wirst sehen . . .“

## Auch Tauchen ist geheimnisvoll
## Anuschka wird ein Schwimm-As

Der letzte Schultag. Ist er nicht der schönste aller Schultage eines Jahres? Ganz sicher. Außer für diejenigen, die aus dem Zeugnis erfahren, daß sie sitzengeblieben sind oder für die, deren Noten ein väterliches oder mütterliches Donnerwetter erwarten lassen. Anuschka hat es gut. Ihre Noten liegen auf der gesunden Mitte – das heißt, sie geben nicht gerade Anlaß zu Jubel, aber Mutti hat auch keinen Grund zu schimpfen. Sogar die Vier in Mathematik hat sich diesmal zu einer Drei gemausert – wie knapp diese Drei ist, weiß niemand außer Anuschka und Fräulein Apfelroth.

Beschwingt wandert Anuschka nach Hause. Beschwingt und fröhlich, obwohl sie allein ist, allein wie das ganze Jahr hindurch, allein, während die anderen Mädchen ihre guten oder schlechten Zeugnisse in der Eisdiele mit Himbeereis und Schokoladensoße feiern. Die Ferien liegen vor ihr. Sechs Wochen Ferien. Anuschka bedauert keine Sekunde mehr, daß sie nicht verreisen kann. Denn es sind Ferien mit Nixe . . .

Die Heiterkeit des letzten Schultages war kein trügerisches Glück. Die Ferien halten, was sie am Anfang versprochen haben. Da ist zuerst einmal der Himmel, der mitmacht, sich so anständig benimmt, wie man es nur erwarten kann. Ein weiß-blauer Sonnentag folgt dem anderen. Bayerns Voralpenland strahlt in seinem schönsten Glanz. Anuschka verbringt die Tage am Grünsee mit Nixe, die getreulich jeden Morgen angeschwommen kommt, die ihrer Freundin Schwimmunterricht gibt, wie sie es versprochen hat. Anuschka lernt tadellos Brustschwimmen, Rückenschwimmen, ein bißchen Kraulen – da hat sie Schwierigkeiten. Warum eigentlich? An dem kranken Bein liegt es sicher nicht, denn zum Kraulen braucht man die Arme und die sind kerngesund. Aber jeder hat nun mal seine Schokoladenseiten und die anderen, die eben keine Schokoladenseiten sind. Anuschkas Stärke ist zweifellos das Springen. Sie wundert sich jeden Tag über sich selbst. Sie, das ängstliche, von panischem Schrecken geplagte „Hascherl“ wie Mutti sie oft genannt hatte, springt unter Nixes Anleitung zuerst vom kleinen Stein in den See, dann ebenso mutig vom großen Felsen, der sich etwa zwei Meter über den grünen Wasserspiegel erhebt. Am ersten Tag noch wie ein kleines Kind mit Nasezuhalten und zugekniffenen Augen, am nächsten Tag schon viel sicherer, und am Ende der ersten Ferienwoche probiert Anuschka bereits ihren ersten Hechtsprung. Wobei sie allerdings trotz Nixes guter Ratschläge platschbum auf dem Bauch landet und nach Luft schnappend und krebsrot und nicht sehr glücklich aus den Fluten auftaucht. Doch was schadet's? Der zweite Kopfsprung klappt schon besser. Und eines schönen Tages erklärt Nixe. „Du, Anusch, ich bin stolz auf dich. Ja wirklich, du brauchst nicht abzuwinken und rot zu werden. Du hat dich prima gehalten. Du weißt doch, du bist meine erste Schwimmschülerin“ – sie lächelt hintergründig, „ich meine, die erste seit mindestens hundert Jahren ...“

„Mach ich dir keine Schande?“ will Anuschka wissen. Sie räkelt sich in der Sonne und streckt ihr dünnes, schwaches Bein spielerisch in die Luft. Dieses Bein, das sie früher nie zeigen mochte und das jetzt genauso braun ist wie die Arme und der Rücken. Das Bein hat sich nicht verändert, es ist wie es ist, doch Anuschka haßt es nicht mehr. Es hat sich beim Schwimmen und Springen und Tauchen tapfer gehalten, findet sie. Ganz so schlecht kann es also nicht sein ...

„Du bist prima“, lobt Nixe. „Und wenn wir schon bei dem Thema sind, wie wäre es mit einer Tauchlektion?“

„Einverstanden“, sagt Anuschka. Sie hat auch Tauchen gelernt. Die grüngoldene Unterwasserwelt des Grünsees entsetzt sie nicht mehr wie beim erstenmal, sondern bezaubert, verzaubert sie. Wasserpflanzen wehen in der Strömung, schillernd in hundert Grüntönen, Fische spielen zwischen den Algen, silbern, schnell, beweglich. Sand. Kiesel, rundgeschliffen. Eine Welt der Geheimnisse. Eine Welt, in der Nixe zu Hause ist. Eine Welt, die Anuschka zu entdekken versucht. Indem sie die Luft anhält, die Augen weit aufmacht, sich nicht von den gläsernen, dunklen, manchmal von Sonnenstrahlen märchenhaft durchleuchteten Fluten ängstigen läßt.

Diese Ferien sind anders als alle Ferien, die Anuschka bisher verlebt hat. Nicht deshalb, weil sie nicht verreist, weil sich ihr Vergnügen zwischen Obernburg und dem Grünsee abspielt – wenn man ein paar Ausflüge mit Mutti in die Berge nicht mitzählt. Sondern deshalb, weil sie so völlig ausgefüllt sind. Mit der Freundschaft zu Nixe. Mit dem Schwimmen und Tauchen. Mit einer neuen Beziehung zu Mutti. Ja wirklich. Obwohl Frau Fabian nicht mehr Zeit hat als sonst – sie kommt gegen sechs Uhr vom Büro nach Hause, nichts hat sich geändert – ist irgendwie etwas anders geworden. Was? Anuschka denkt manchmal darüber nach. Sie denkt mehr nach als früher. Daran ist Nixe schuld. Schuld? Nein, das ist das falsche Wort. Sie ist Nixe dankbar dafür.

Anuschka hat ihrer Mutter an einem Abend, beim Essen, erzählt, daß sie nun doch probiert hat zu schwimmen, und es hätte geklappt, und ob Mutti noch Lust hätte, mit ihr zum Schwimmen zu gehen. Frau Fabians Gesicht hatte aufgestrahlt. Es war ein einziges glückliches Lächeln gewesen.

„Anuschka, wirklich? Du hast es geschafft, deine Angst zu überwinden? Anuschka, Mädchen, Kind, Liebes, wenn du wüßtest, wie froh ich bin… komm, darauf essen wir ein Extra-Eis. Ich habe eines im Kühlschrank. Vanille mit Himbeeren. Magst du?"

„Hm, ja, Mami… welche Frage!"

„Anuschka. Kind! Ich glaube, das ist ein entscheidender Schritt. Und ich finde, wir sollten mehr Zeit für einander finden. Nicht wahr? Am Montag melden wir uns im Schwimmklub an."

Anuschka sah, daß ihre Mutter glücklich war. Sie sah es und sie spürte es. Und sie merkte, daß sie auch glücklich war. Glücklich und reich. Denn sie hatte Nixe, ihre Freundin vom Grünsee. Und sie war im Begriff, eine neue Freundin zu gewinnen: ihre Mutter.

Der Gutenachtkuß, den Anuschka der Mutter an diesem Abend wie an jedem andern

Abend gab, war länger und herzlicher als jemals zuvor.

„Schlaf gut, Mami“, murmelte sie. „Ich finde es toll, daß wir beide...“ Sie hatte wirklich nur gemurmelt, nichts gesagt, Mami hatte es sicher nicht gehört, aber was machte das schon aus. Sie hat es *verstanden*, und das ist die Hauptsache.

## Freunde kann man gewinnen
## Eine völlig veränderte Anuschka

Sommer. Sommer. Sommer. Schwimmen mit Nixe, Tauchen, Springen. Herrlich. Und am Wochenende schwimmen mit Mutti. Ganz neu. Im Strandbad zwischen all den fremden Leuten. Mutti bewundert Anuschka.

„Ich hätte nie geahnt, gehofft... Anuschka! Daß du das geschafft hast! Fast ein Wunder!“ sagt sie. Und nimmt das Mädchen kräftig in den Arm.

„Wie wär's mit einer Runde Kraulen, Mamuschka! Gut für die Bandscheiben“, schlägt

Anuschka vor. Und während sie ins Wasser rennen, tapsend, lachend, Fontänen von Wasser aufwirbelnd, spürt sie, daß sie glücklich ist. So glücklich, wie sie noch nie im Zusammensein mit ihrer Mutter war. Zumindest in den letzten Jahren, seit sie kein kleines, dummes Kind mehr ist.

Im allgemeinen frühstücken Frau Fabian und ihre Tochter zusammen gegen sieben Uhr. Dann bricht Anuschkas Mutter auf, läuft zum Bus, während Anuschka das Geschirr spült und sich dann langsam und gemütlich auf den Weg zum Grünsee macht. Auch den Mülleimer leert Anuschka aus, wenn es nötig ist. Nicht gerade gern, aber auch dazu hat sie auf einmal eine neue Einstellung entwickelt. Ein wenig mit Nixes Hilfe, ein bißchen aus sich selbst heraus. Abfälle und Müll sind eklig, o. k. Aber man muß sie aus der Wohnung wegbringen. Sie, Anuschka, hat Ferien, Mutti arbeitet, plagt sich von acht Uhr früh bis fünf Uhr abends. Ist es da nicht logisch, daß Anuschka die eklige, aber im Grunde kleine Arbeit übernimmt? Plötzlich macht es ihr überhaupt gar nichts mehr aus, den Abfalleimer auszuleeren.

Kurz nach acht Uhr schlägt Anuschka die Wohnungstür hinter sich zu. Der Mülleimer ist bis oben hin voll. Montag. All die Reste der guten Sachen, die Mutti und sie am Wochenende verputzt haben, häufen sich an. Gleichzeitig mit der Tür der Fabians klappt Frau Severins Tür. Auch die gelähmte alte Dame ist auf dem Weg zur Mülltonne.

„Guten Morgen", grüßt Anuschka.

„Guten Morgen!" Frau Severin hat ein herzliches Lächeln. Ein Lächeln zwischen tausend seidenpapierartigen Fältchen. Zum erstenmal fällt es Anuschka auf, daß die alte Frau ihren Müllkübel mühsam trägt, mit abgewinkeltem Arm. Schließlich sitzt sie im Rollstuhl, bewegt sich mühsam vorwärts, mit steifen, gelähmten Beinen, das ganze Gewicht des Eimers in der vorgestreckten Hand. Komisch. Anuschka hat Frau Severin so oft schon morgens getroffen, immer mit dem Mülleimer in der Hand. Und heute zum erstenmal sieht sie, wie schwer es der gelähmten Dame fällt, den Kübel zu tragen. Anuschka schlenkert mit dem Arm, an dem sie den Mülleimer trägt. Kein Problem. Sie ist jung, kräftig. So ein kleiner Müllkübel. Die zerbrechliche alte Dame dagegen…

„Frau Severin, kommen Sie, geben Sie mir Ihren Kübel, ich nehm ihn rasch mit, es ist ja nur ein Weg!"

Anuschka sprudelt es heraus, nimmt der Nachbarin den Mülleimer aus der Hand, reißt ihn ihr praktisch weg, läuft davon, beide Eimer tragend, sie fröhlich schwingend, ein bißchen Abfall kippt über den Rand, fällt heraus, bleibt liegen im Vorgarten. Anuschka merkt es nicht. Sie fühlt sich froh. Und auch Frau Severin merkt es nicht. Sie schickt Anuschka ein dankbares Lächeln nach. Seit langem hat sie sich schon gewünscht, daß dieses nette junge Ding mit dem gelähmten Bein, das ihr gefällt und das ihr gleichzeitig leid tut, daß dieses junge Ding ein wenig zugänglicher wäre. Anuschka hat ihr nie mehr als einen flüchtigen Gruß gegönnt. Heute zum erstenmal ist es anders. Und das freut Frau Severin.

Anuschka bringt den ausgeleerten Mülleimer zurück.

„Hier." Sie drückt der alten Frau den Henkel in die Hand. „Warten Sie, Frau Severin, ich sperr Ihnen die Tür auf, geben Sie mir den Schlüssel..."

Nur zu gern gibt Frau Severin ihn dem Mädchen.

„Danke, Anuschka, vielen Dank. Und wenn du mal Lust hast...", auch sie ist schüchtern, auch alte Menschen haben Hemmungen, nicht nur junge Mädchen, „...es wäre nett, wenn du mal zu mir herüber kämest. Wir könnten Platten hören. Deine Mutter hat mir erzählt, du magst klassische Musik. Ich habe viele Schallplatten. Mozart liebe ich besonders." Sie hüstelt ein wenig verlegen. Es ist so schwer, den richtigen Weg zu jungen Menschen zu finden, wenn man alt und einsam ist.

Anuschka nickt: „Gerne, Frau Severin. Mozartmusik finde ich himmlisch. Mutti und ich haben nicht so sehr viel Platten. Mein Taschengeld langt halt nicht so weit."

Anuschka lächelt. Und sie denkt: Sie ist nett, diese Frau Severin. So freundlich und herzlich. Und sie ist unsicher. Genau wie ich. Komisch.

Ich habe immer gemeint, Erwachsene und vor allem alte Leute wären hundertprozentig selbstsicher. Vielleicht ist sie dankbar, wenn *ich* nett zu ihr bin. Und Mozart mag ich wirklich. Außerdem... sie hat Zeit. Vielleicht kann man mit ihr reden. So richtig gemütlich tratschen.

„Oder komm einfach zum Plaudern zu mir, Anuschka. Wenn du Lust hast. Jederzeit. Du brauchst nur zu klingeln. Ich bin ja immer da", sagt Frau Severin nun.

„Ja", strahlt Anuschka spontan. „Darf ich heute abend kommen? Mozart ist prima, und ich möchte natürlich Ihre Platten hören. Aber noch lieber würde ich reden. Einfach so."

„Abgemacht, Anuschka."

Frau Severins Gesicht leuchtet auf, ihre zahllosen Fältchen scheinen zu lächeln, das verbrauchte, schlaffe, zerknitterte alte Gesicht wird für einen Moment durch dieses Leuchten beinahe schön. Zumindest schön für jemanden, der die innere Schönheit zu erkennen vermag, die das Glücklichsein auch in die unschönsten Züge zaubern kann.

„Also dann bis später!“ Anuschka läuft mit klappernden Schuhen davon, winkt noch einmal zurück.

## Adieu, Anuschka! Eine Muschel als Abschiedsgeschenk

Ein paar Tage später.

Anuschka hat einen bunten Wiesenstrauß für ihre Mutter gepflückt. Den will sie zum Abendessen auf den Tisch stellen. Mit dem Obstkuchen, den sie am Vormittag ganz allein gebacken hat. Ein bißchen angebrannt ist er ja, leider, sie hat ihn zu lange im Rohr gelassen, aber sonst sieht er recht verlockend aus und duftet köstlich. Die schwarzen Stellen hat sie dick mit Puderzucker bestreut.

Es macht plötzlich Spaß, mit Mutti zu essen, mit ihr zu reden, sogar mit ihr fernzusehen, wenn es gar nicht zu umgehen ist. Seit dem Tag, an dem sie beim Schwimmen waren, hat sich eine neue Kameradschaftlichkeit zwischen ihnen entwickelt. Anuschka spürt, daß so etwas wie Freundschaft wachsen könnte. Anders vielleicht, als es sonst zwischen Müttern und Töchtern ist, die sich problemlos lieben, komplizierter, zurückhaltender. Aber immerhin...

Mutti war begeistert gewesen darüber, daß ihre Tochter endlich die kindische Angst überwunden hatte und bereit war, ins Wasser zu gehen. Und noch glücklicher war sie darüber, daß es Anuschka offenbar Freude machte, mit ihr die Bahnen zu schwimmen, die der Arzt als Therapie für die Rückenschmerzen empfohlen hatte.

„Klar mache ich mit", hatte sie gesagt. „Zu zweit fällt es leichter. Du hast es nötig, und mir tut es auch gut. Noch zwei Bahnen, Mutti, dann haben wir's für heute geschafft. Trinken wir dann eine Limo?"

Sie lächelte mit nassen Lippen unter dem triefend nassen schwarzen Haarschopf. Frau Fabian lächelt unter ihrer Badekappe aus rosa Gummiblüten zurück.

„Wir trinken eine Limo. Aber vorher sagst du

mir noch, wie du so plötzlich schwimmen gelernt hast. Und noch dazu so gut!"

Anuschka prustet ein bißchen, spuckt Wasser. Zögert. Dann erklärt sie: „Ach weißt du – da war eine Nixe, und die hat's mir beigebracht... eine Nixe mit Schuppenschwanz... am Grünsee..."

„Kindskopf!"

Frau Fabian lacht. Sie hält Anuschkas Antwort für einen Witz, für eine Ausflucht. Das Mädchen will ihr Geheimnis nicht verraten, will nicht erzählen, wer ihr Schwimmlehrer gewesen ist. Nun, sie ist bereit, Anuschkas Geheimnis zu respektieren. Vielleicht war's ein netter Junge...

Auf jeden Fall freut sich Frau Fabian von Herzen. Es ist schön, eine heranwachsende Tochter zu haben, mit der man etwas unternehmen kann, denkt sie. Ich hab das gar nicht so gewußt.

Auch der Abend mit Frau Severin und den Mozartplatten war ein Erfolg, findet Anuschka. Nicht so sehr der Schallplatten wegen. Auch nicht wegen der herrlichen Plätzchen, die die alte Dame ihr angeboten, ja geradezu aufgenötigt hatte, auch als sie schon satt war, daß sie beinahe platzte.

„Iß doch, Anuschka", hatte sie wohl zehnmal gesagt. „Iß doch. Es macht mir Freude zu sehen, wie es dir schmeckt. Ich backe die Plätzchen ja nicht für mich, ich vertrage sie nicht. Weißt du, ich habe sie bisher immer nur für meinen Enkel gebacken, aber der kommt nur einmal im Monat... und manchmal noch seltener. Iß, Anuschka!"

Anuschka hatte mit vollem Mund genickt. Und begriffen, daß die alte Dame einsam ist.

Frau Severin hat an diesem Abend erzählt, aus ihrer Jugend in Ostpreußen, aus ihrer glücklichen Kinderzeit auf dem Gut, das sie nie mehr wiedersehen wird, von ihrer Ehe, den beiden Töchtern, von denen die eine in Australien lebt. Die andere wohnt zwar in München, aber die ist ihr noch fremder geworden. Auf einmal ist es Anuschka leichtgefallen, auch von sich zu sprechen. Zuerst von belanglosen Dingen, und dann immer mehr von dem, was sie bewegt, von ihren

Problemen und Sorgen. Nicht von allen, natürlich, nicht beim erstenmal. Auch nicht von Nixe. Von Nixe wird sie nie erzählen, Nixe ist ihr Geheimnis. Aber es war gut, von den Mitschülerinnen zu sprechen, davon, wie schwer es ist, Anschluß zu finden, eine Freundin zu gewinnen; es war gut, auszusprechen, wie bitter es ist, ein „lahmes" Bein zu haben...

Es blieb nicht bei dem einen Abend bei Frau Severin. Eine Freundschaft hat angefangen zwischen der alten Frau und dem jungen Mädchen. Seltsam, wundert sich Anuschka, daß es leichter ist, sich mit einer alten Dame, einer Wassernixe und mit der eigenen Mutter anzufreunden als mit den gleichaltrigen Mitschülerinnen, die doch naturgemäß am ehesten ihre Freundinnen wären. Aber die beiden Versuche vor den großen Ferien waren kläglich gescheitert, und jetzt sind die meisten verreist. Anuschka trifft hin und wieder eines der Mädchen, die dageblieben sind, in der Stadt, beim Einkaufen für Mutti, im Bus auf dem Weg zum See. Doch zu mehr als einem Gruß, ein paar kurzen Worten kommt es nicht. Anuschka, so gelöst und fröhlich bei

Nixe und seit kurzem auch bei Frau Severin, erstarrt, wenn eine ihrer Klassenkameradinnen auftaucht. Nachher ärgert sie sich über sich selbst, könnte sich ohrfeigen, weil sie sich so blöd benommen hat – sie weiß ja, daß Nixe recht hat, wenn sie immer wieder mahnt: Komm du den anderen entgegen, warte nicht drauf, daß sie es tun! Doch die Sperre ist unüberwindlich. Sie fühlt sich als Außenseiter, wie immer. Und dieses Gefühl richtet eine Barriere in ihr auf, eine Hemmung, die jedes spontane Reagieren unmöglich macht.

Der Sommer vergeht. Der August neigt sich dem Ende zu. Am 2. September ist Schulbeginn.

Es ist einer von diesen glühenden, farbenprächtigen Spätsommertagen. Der Grünsee schimmert intensiver als gewöhnlich, sein Wasser liegt glatt wie ein flaschengrüner Spiegel. Der Wald duftet nach Pilzen und Brombeeren. Die letzte Süße vergessener überreifer Himbeeren hängt in der Luft.

Anuschka und Nixe sind ein paarmal von ihrem Stein ins Wasser gesprungen – Nixe war recht zufrieden mit dem Kopfsprung der Freundin gewesen –, nun liegen sie auf dem sonnendurchwärmten Fels und dösen vor sich hin.

„Anuschka?“ sagt Nixe auf einmal halblaut. Ein wenig heiser klingt ihre sonst so weich fließende Stimme. „Anusch, würdest du mir eine Frage beantworten?“

„Sicher.“

„Bist du ein bißchen glücklicher als damals, als wir uns kennengelernt haben?“

Anuschka wird plötzlich wach. Sie setzt sich ruckartig auf, blickt auf die Freundin hinunter. Auf das helle Gesicht. Und auf den grünschillernden Nixenschwanz. Und im selben Moment weiß sie: Diese Frage ist nicht nur so dahingesagt. Diese Frage bedeutet etwas. Den Abschied? Ja. Denn Nixe hat es am Anfang gesagt, daß sie nicht für immer bleiben wird, daß sie eines Tages gehen muß, fort, irgendwohin...

Anuschka zögert mit der Antwort, denn sie spürt einen Stich im Herzen, wenn sie daran denkt, daß Nixe sie verlassen wird, daß die schönen Tage am See nun zu Ende sind. Für immer zu Ende. Glücklich? Nein, sie ist traurig. Und doch...

Anuschka begreift, daß Nixe die Frage anders gemeint hat. Ja, sie ist glücklicher. Sie versteht sich besser mit Mutti als jemals zuvor. Sie hat in der alten Frau Severin eine Freundin gefunden, eine „Großmutter“ ohne Oma-Getue. Und sie hat durch Nixe gelernt, ihre krankhafte Angst vor dem Wasser zu überwinden. Sie beherrscht beim Schwimmen und Springen und Tauchen ihren Körper auf eine Art, die sie nie gekannt hat, und das gibt ihr eine neue Sicherheit, ein tiefes inneres Gefühl der Zufriedenheit, gemischt mit einer Spur von Stolz.

„Ja, ich bin glücklicher als früher“, sagt Anuschka. „ich werde auch niemals mehr so unglücklich sein wie vorher, auch wenn du fort bist. Denn du willst mir doch sagen, daß du gehen mußt... oder...?“

Nixe nickt.

„Ja, ich muß fort. Meine Zeit ist um. Blöd, nicht? Ich würde gerne bleiben.“ Nixe schaut Anuschka mit weitgeöffneten Augen an, mit Augen, die durchsichtig und farblos sind wie

Glas. Nixenaugen. Märchenaugen. „Vielleicht wäre ich sogar gerne ein Mädchen wie du. Ein Mensch…"

Nixe bricht ab, streicht mit der Hand über ihre Schwanzschuppen. Dann lacht sie. Ein trauriges kleines Lachen.

„Und… könntest du nicht bleiben?" spinnt Anuschka hoffnungsvoll den Gedanken der Freundin weiter. „Ich meine, so oder so – mit Schwanz, oder.. oder vielleicht gibt es auch eine Möglichkeit…"

„Nein", sagt Nixe.

Es ist ein Nein, das keine weiteren Fragen zuläßt. „Es war schön, Anuschka", fährt sie fort, „hier am See, mit dir… überhaupt."

„Wirst du an mich denken?" will Anuschka wissen. „Erinnerst du dich an alles, was war – dort, wo du hingehst?"

Ein Lächeln wischt über Nixes Gesicht, ein wenig spöttisch, ein wenig traurig und sehr fern.

„Ich hab dir doch gesagt, du sollst nicht…", mahnt sie.

„'tschuldige, Nixe. Ich weiß, ich darf nicht

fragen. Klar." Anuschka zieht die Nase hoch. Blöd, sie wird doch nicht weinen, weil Nixe fortgeht.

„Ich versteh schon... das heißt, nein, ich versteh natürlich überhaupt nichts... wie sollte ich... aber trotzdem... du..." Sie verheddert sich in ihrem Satz. Doch Nixe begreift, was sie meint. Daß es furchtbar schade ist, und daß es halt nicht anders sein kann, und daß sie Nixe sehr, sehr gern mag.

Die Sonne hat sich hinter den Wald verzogen. Die Hitze des Nachmittags ist einer lauen Milde gewichen. Die Luft scheint stillzustehen. Anuschka meint, das Wasser des Grünsees sei noch nie so dunkel gewesen, geradezu undurchsichtig, wie eine Platte aus dunklem Glas.

Noch einmal zieht Anuschka die Nase hoch.

„Nicht traurig sein, Anusch", lächelt Nixe. In ihren Augen spiegelt sich die Düsterheit des Sees.

Dann legt sie Anuschka die Arme um die Schultern und küßt sie rasch auf beide Wangen, mit kühlen, perlmuttzarten Lippen.

„Adieu, Anuschka!" murmelte sie.

Zwei, drei Bewegungen des Schuppenschwanzes, und schon liegt Nixe im Wasser, wendet sich zu einem letzten Winken zu Anuschka zurück, die wie angenagelt sitzen geblieben ist.

„Adieu!“ klingt es leise über den See.

Weiße Arme zerteilen das grüne Wasser, helles Haar schimmert. Anuschka starrt der Gestalt nach. Starrt, ohne zu blinzeln, bis ihre Augen verschwimmen – oder sind es Tränen, die ihr den Blick trüben?

Sie wischt die Tränen fort. Als sie wieder klar sieht, ist Nixe verschwunden. Der Grünsee liegt unbewegt da. Kein Windhauch kräuselt sein dunkles Wasser. Nichts erinnert daran, daß noch vor ein paar Sekunden eine Nixe mit ihren weißen Armen die grünen Fluten teilte. Eine Libelle gleitet vorbei, bösartig-schön und stumm. Mücken tanzen, Stille.

Anuschka fährt sich wieder über Augen und Wangen. Nixe ist fort. Dahin zurückgekehrt, wo sie herkam, damals vor sechs Wochen.

Adieu Nixe. Leb wohl. Die Zeit war schön.

Anuschka steht auf, streift den Pullover über,

schlüpft in ihre Jeans. Sie ist traurig. Und dankbar. Denn wenn ihr die Freundin aus dem See auch fehlen wird, sie ist ja nicht mehr ganz allein: Sie hat Freundschaft mit ihrer Mutter und mit Frau Severin geschlossen.

Heute abend kommt Frau Serverin zu Mutti und ihr zum Essen und zum Plaudern. Bei einer Pfirsichbowle – Muttis Spezialrezept. Für Anuschka mit einem großen Schuß Selterswasser statt des Sekts.

Als Anuschka eine Viertelstunde später im Bus sitzt, der sie zurück in die Stadt bringt, und in ihrer Hosentasche nach einem Taschentuch sucht, fühlt sie etwas Glattes, Hartes, Gewundenes. Komisch. Was kann das sein? wundert sie sich. Sie zieht die Hand heraus: Eine kleine Muschel, wie rosig, schimmernd wie poliert, im Innern herrlich perlmuttschillernd. Zauberhaft schön. Eine Muschel, wie Anuschka sie noch nie gesehen hat, eine Muschel, wie es sie in keinem mitteleuropäischen Gebirgssee gibt, ganz sicher jedenfalls nicht im Grünsee, in dem man höchstens ein paar Miesmuscheln findet.

„Nixe!“ sagt Anuschka vor sich hin.

Sie zweifelt keinen Augenblick daran, daß die Muschel von ihrer Freundin stammt. Nixe hat sie ihr dagelassen. Ein Geschenk aus den geheimnisvollen Tiefen des Wassers, irgendeines Gewässers, irgendeines Meeres, ein Geschenk aus ihrer Heimat dort unten.

Anuschka lächelt. Und der alte Mann neben ihr, der einen neugierigen Blick auf die Muschel in der Hand seiner Nachbarin und auf das darübergeneigte Gesicht wirft, wundert sich, wie eine zwar hübsche, aber keineswegs aufregende kleine Muschel solchen Glanz in die Augen eines jungen Mädchens zu zaubern, ihr Lächeln so glücklich aufleuchten zu lassen vermag.

Anuschka streichelt die Muschel, dann legt sie sie an ihr Ohr. Ein Raunen ertönt, ein sanftes Meeresrauschen. In allen gedrehten Muscheln hört man „das Meer rauschen“. Anuschka weiß es. Und doch! Die Muschel ist ein Geschenk der Nixe. Erklingt in diesem zarten Rauschen ihre Botschaft? Ein letzter Gruß?

Die Muschel raunt, singt. Anuschka preßt sie

fester an ihr Ohr. Und nun hört sie es – erst unklar, dann auf einmal deutlicher: Adieu Anuschka . . . Adieu Anuschka . . . raunt die Muschel.

## Anuschka rettet Bixi das Leben Wir gründen einen Nixen-Klub

2. September. Ein Dienstag. Der erste Tag des neuen Schuljahres. September, das klingt eigentlich schon ein wenig nach Herbst, nach Frühnebel und hohem, klarem Himmel. Doch in diesem Jahr scheint der Sommer nicht enden zu wollen. Die Sonne strahlt schon am frühen Morgen so kräftig, daß es den Mädchen der 7 b – und natürlich auch allen anderen Schulkindern – schwerfällt, anstatt zum See zu dem grauen Gebäude in der Kurfürsten-Allee zu wandern.

Anuschka ist da keine Ausnahme. Das heißt *doch*. Denn sie hat zwar keine Lust zur Schule zu gehen, aber zum Grünsee möchte sie auch nicht. Seit Nixes Abschied vor vier Tagen ist sie nicht mehr dort gewesen. Der Grünsee ohne Nixe – daran muß sie sich erst gewöhnen. Im Augenblick tut es noch zu weh, wieder so allein zu sein, ohne Freundin.

Wie alle ersten Schultage eines neuen Jahres ist auch dieser kurz und schmerzlos. Schon um halb elf Uhr verabschiedet Fräulein Apfelroth – sie bleibt auch Klassenlehrerin für die 7 b – die Mädchen, nachdem sie den Stundenplan diktiert und die Sitzordnung so arrangiert hat, daß die bewährten Abschreibegruppen getrennt sitzen.

„Wir wollen das Arbeiten heute am ersten Tag nicht übertreiben", lächelt sie. „Deshalb habe ich mir gedacht, wir nützen das herrliche Wetter aus und gehen gemeinsam ins Strandbad. An Stelle der Turnstunde, die in Zukunft dienstags auf dem Plan steht. Damit wir uns auf gemütliche Art wieder aneinander gewöhnen nach der langen Pause der Sommerferien."

Begeistertes Gejohle. „Die Apfelroth ist gar nicht so übel. Nein, wirklich, sie macht sich. Fängt das neue Schuljahr recht passabel an!" Die Mädchen springen auf, packen die kaum benützten Hefte und Kugelschreiber wieder ein.

„Wer mit dem Rad fahren mag: Treffpunkt vor der Schule um halb zwei“, fährt die Lehrerin fort. „Ich warte hier auf euch, dann radeln wir gemeinsam zum See.“

„Klar, wir kommen alle mit den Rädern, wär doch gelacht, oder? Oder will eine mit dem Bus...?“

Die Stimmen schwirren durcheinander, hell, fröhlich, wie bei einem Schwarm Sommervögel.

Anuschka schweigt. Unter der Bank hat sie die Finger ineinander verknotet. Zum See radeln... alle anderen... Natürlich! Und sie? Sie wird allein mit dem Bus fahren müssen. Wieder allein sein, allein, während die anderen Mädchen gemeinsam lachen und herumalbern und sich vergnügen. *Sie* hat kein Fahrrad, das heißt, doch, sie hat eines. Muttis Rad steht im Keller, sie dürfte es jederzeit benützen, aber sie kann ja nicht radfahren mit ihrem Bein. Oh, dieses verdammte Bein! In den Wochen mit Nixe am See, im Wasser, da hat sie es nicht mehr so störend empfunden, nicht mehr als einen Makel, der sie zur Ausgestoßenen macht. Jetzt ist sie wieder ausgestoßen, genau wie früher... Freilich, wenn sie wirklich wollte, könnte sie wohl radfahren lernen, überlegt sie weiter, ein wenig widerwillig. Der zehnjährige Sohn von Muttis Kollegin hat auch ein lahmes Bein, keine Kinderlähmung, irgendein blöder Unfall. Trotzdem radelt er herum, genauso wild wie seine Kameraden mit zwei gesunden Beinen. Mit einem Bein, den Fuß am Pedal festgeschnallt und das andere Pedal abmontiert. Bewundernswert, Anuschka muß es zugeben. Sie selbst hat nie die Energie besessen, so etwas auch nur zu probieren. Aber so oder so – sie kann jedenfalls nicht radfahren und wird deshalb den Bus nehmen müssen. Oder – ob sie vielleicht daheim bleiben darf? Probieren kann sie es ja mal, fragen kostet nichts. Das wäre natürlich das Allerbeste. Doch Fräulein Apfelroth schüttelt den Kopf.

„Nein, Anuschka, das kommt nicht in Frage. Dieser Badenachmittag ist Pflicht. Ersatz für die Turnstunde, die ich heute noch ausfallen lasse. Fahr mit dem Bus und warte auf uns am Eingang zum Strandbad..."

Die Mädchen haben von dem kurzen Dialog zwischen Anuschka und der Lehrerin kaum Notiz genommen. Sie haben andere Probleme: Ob man belegte Brote einpacken soll, oder sich lieber ein Eis kaufen. Oder beides – ja, das ist die Lösung! Und den Medizinball darf Babs nicht vergessen! Titis Federballschläger wären auch nicht schlecht. Ach ja, und möglichst viele Tischtennisbälle. Im Bad muß man sie kaufen, und das ist so teuer. Herrlich, dieser Strandnachmittag am großen See... sie freuen sich darauf.

Später im Bad: Ein Haufen schnatternder Gänse! denkt Anuschka. Aber dann gibt sie vor sich selbst ehrlich zu: Wie gerne wäre ich eine von diesen Gänsen!

Sie liegt bäuchlings auf dem Fünfmeterbrett, das weit in den See hinausgebaut ist, um den Springern die nötige Wassertiefe zu sichern. Man hat sie gezwungen, hierher zu kommen, gut, bitte schön. Aber auch noch neben den anderen zu sitzen, ihr Lachen zu hören, ihre Witze, ihr Geblödel, mittendrin zu sein und doch abseits, nein, dazu kann niemand sie zwingen. Sie versuchen es auch nicht. Sogar Fräulein Apfelroth respektiert Anuschkas „Bedürfnis nach Einsamkeit“, wie sie es den Mädchen gegenüber nennt.

Die Sonne brennt auf Anuschkas braunen Rücken. Die langen Haare bedecken ihre linke Wange, mit einem Auge blinzelt sie hinunter aufs Wasser. Sie träumt ein bißchen. Döst. Überlegt, ob sie nachher mal vom Brett springen soll. Um die Mädchen zu verblüffen, die ja nicht wissen, daß sie inzwischen Schwimmen, Springen und Tauchen gelernt hat. Irgendwie hat sie Hemmungen vor der großen „Schau“, obwohl es im Grunde genau das ist, was sie sich immer gewünscht hat: auffallen, Eindruck machen, etwas können und es zeigen. Später, beschließt sie. In einer Stunde. Es ist sowieso eigentlich noch zu früh, um ins Wasser zu gehen. Man soll erst zwei Stunden nach dem Esssen baden, die Klasse wartet auch noch, dafür sorgt schon die Lehrerin.

Anuschka ist ein wenig eingeschlafen. Ein Schrei weckt sie. „Hilfe!... Hiiil...“ Schrill zuerst, dann gurgelnd, vom Wasser verschluckt. Der Schrei dringt in Anuschkas Träume, schreckt sie hoch. Um Gottes willen, ist was passiert? Sie springt auf, schaut von ihrem Aussichtsposten auf dem Sprungturm über den See. Es sind wenig Leute im Wasser, fast nur Kinder, die nahe am Ufer herumtoben. Doch da, ziemlich weit draußen: ein Kopf, eine Hand, die krampfhaft zu winken versucht. Jetzt ist sie verschwunden, und auch der Kopf ist nicht mehr zu sehen. Nun taucht er wieder auf... versinkt... Jemand ertrinkt, begreift Anuschka. Ihr Herz beginnt wie rasend zu schlagen. Merkt denn niemand, was dort draußen auf dem See geschieht? Kommt denn niemand zu Hilfe? Gibt es keinen Bademeister, keinen guten Schwimmer? Doch, natürlich, man hat den Hilferuf auch am Strand gehört.

„Hilfe, da ertrinkt einer...", kreischt eine Frauenstimme. Anuschka wirft einen hastigen Blick um sich. Zwei Männer gehen ins Wasser, rennen in den See, daß es spritzt. Sie können noch nicht schwimmen, das Wasser ist zu seicht. Sie sind so schrecklich weit weg von dem Menschen, der da draußen um sein Leben kämpft. Wieder erscheint der Kopf, wieder hebt sich eine kleine, hilflose Hand. Nur Sekunden dauert all das, doch für Anuschka dehnen sie sich fast ins Unendliche. Blitzartig weiß sie, daß *sie* die einzige ist, die sich nahe genug an dem oder der Ertrinkenden befindet, um vielleicht helfen zu können. Und wenn das so ist, dann *muß* sie versuchen, zu helfen. Muß ins Wasser springen, hinauskraulen und diesen Menschen retten. Sie kann ja jetzt schwimmen. Zwar hat Nixe ihr nicht beigebracht, wie man einen Ertrinkenden rettet, doch darauf kommt es nicht an.

Ich habe Angst, denkt Anuschka und beißt sich auf die Lippen. Nicht davor, in den See zu springen, auch wenn das Fünfmeterbrett höher ist als der Felsen, von dem aus sie mit Nixe am Grünsee geübt hat. Ach wo, das macht ihr nicht das geringste aus. Aber sie hat Angst, der Ertrinkende könnte ein Mann sein, der zu schwer für sie ist, der wild um sich schlägt, der sich an sie klammert und sie in seiner Todesangst mit in die Tiefe zieht. So etwas gibt es, sie hat es gelesen, hier ist es passiert, an diesem See, daß eine Frau, die einen jungen Burschen aus dem Wasser holen wollte, mit ihm ertrank. Trotzdem...

„Hi...i...l..." Erstickt schallt es über das Wasser. Eine helle Stimme ist es, eine Mädchenstimme...

Und Anuschka springt. Federnd – wenn auch nur mit einem Bein federnd, das andere dünn und schlapp –, springt sie ab, taucht mit einem tadellosen Kopfsprung ins Wasser, kommt schnell wieder hoch und krault mit kräftigen Zügen in die Richtung, in der sie soeben noch den Kopf gesehen hat. Vergessen ist die Angst. In Anuschka ist nur noch die verbissene Entschlossenheit, so schnell wie möglich zu dem Kopf im glitzernden See zu gelangen, ihn zu packen, über Wasser zu halten und den Menschen ans Ufer zu schleppen. Oder wenigstens so lange festzuhalten, bis ein kräftiger Mann da ist und ihr hilft.

Und schon wieder gellt ein Schrei durch den bis vor zehn Sekunden noch so heiteren Sommernachmittag: „Das ist ja Bixi... Unsere Bixi!"

Der nasse Kopf, die um Hilfe bittende Hand,

die gurgelnde Stimme... Das ist Bixi? Bixi ist in Lebensgefahr! Bixi. Bixi.

Anuschkas Kraulschläge werden noch schneller. Sie setzt ihre ganze Kraft ein. Hinter sich hört sie undeutlich Stimmen: „Da ist ein Mädchen... Hoffentlich schafft sie's... man muß ihr rasch zu Hilfe kommen... doll, wie die schwimmt..." Bixi. Bixi. Sie muß die Mitschülerin retten. Die freche, sommersprossige, lustige Bixi mit den roten Haaren. Die Bixi, deren Freundin sie so gerne gewesen wäre. Jetzt ist sie ganz nahe bei ihr, das heißt dort, wo Bixis Kopf soeben noch zu sehen gewesen war. Doch wo ist Bixi? Anuschka hebt den Oberkörper aus dem Wasser, schaut sich aus nassen Augen um. Nichts. Mein Gott – ist es aus? Ist Bixi... ertrunken? Verzweifelt taucht das Mädchen unter. Hält den Atem an. So wie Nixe es ihr gezeigt hat. Ganz ruhig. Auch jetzt, wo das Entsetzen Anuschka in der Brust hochsteigt. Ganz ruhig. Sonst braucht sie mehr Luft. Sonst kann sie nicht so lange unter Wasser bleiben, wie es nötig ist, um Bixi zu finden und hochzuziehen. Grünes Wasser, ein wenig trüb. Algen steigen vom Grund empor, schwanken in der leichten Strömung, grüne Äste eines Unterwasserbaumes... oder grüne Schlangen... ein Schwarm Fischchen. Sonst nichts. Keine Bixi. Mein Gott, wo ist sie denn? Sie war doch gerade noch an dieser Stelle gewesen. Oder hat sie sich geirrt? Oder – noch schrecklicherer Gedanke – ist Bixi schon ertrunken, tot, und treibt weiter weg irgendwo zwischen den Algen? Ein ertrunkenes Mädchen im See – ob das eine Nixe wird? Seltsam, daß man in einer so aufregenden Situation solch verrückten Träumen nachhängen kann. Es ist auch nicht so, daß Anuschka darüber nachdenkt, die Vorstellung durchzuckt sie nur blitzartig. Bixi eine Nixe. Eine Nixe mit rotem Haar und goldenen Sommersprossen. Bixi eine Nixe wie „ihre“ Nixe. Meine Freundin Nixe! Ob sie auch einmal, vor hundert, vielleicht vor tausend Jahren... ein Mädchen, ein Menschenkind, ertrunken in einem See... Hör auf damit, Anuschka! mahnt sie sich. Du sollst Bixi retten, wenn es noch möglich ist, nicht von ihr als einer Nixe träumen.

Anuschka wird die Luft knapp. Sie hat das

Gefühl, sie müßte gleich zerspringen. Und noch immer keine menschliche Gestalt im sanftgrünen Wasser. Nur die Algen schwanken, schwebend im Rhythmus des sommerlichen Sees. Ich muß nach oben, denkt Anuschka. Es geht nicht mehr. Luft... Luft... Sie taucht auf, macht einen tiefen, befreiten Atemzug, noch einen, wischt sich das Wasser aus den Augen. Wo sind denn die anderen Helfer, der Bademeister, die Männer, die vorhin ins Wasser liefen? Sie blickt sich um. Sieht die Köpfe der Schwimmer sich nähern. Doch immer noch ist sie der Unglücksstelle am nächsten. Also noch einmal! befiehlt sie sich. Vielleicht... Die Hoffnung ist zwar klein, winzig nur noch. Doch aufgeben darf man nicht. „Aufgeben darf man nicht", hat Nixe immer gesagt, geht es Anuschka durch den Kopf, während sie wieder in die Tiefe des Sees stößt, mit weit geöffneten Augen, die weh tun, aus denen Tränen rinnen. Tränen, die sich als kleine Salztropfen mit dem süßen Wasser des Bergsees mischen. Nicht aufgeben bei ihrem Versuch, Bixi zu retten. Und auch nicht aufgeben im Kampf um ihr eigenes Glücklichsein. Im

Kampf gegen das schwache Bein. Im Kampf gegen die Einsamkeit. Ein bißchen hat sie angefangen zu kämpfen. Durch Nixe. Sie hat schwimmen gelernt. Sie hat Freundschaft geschlossen mit einem fremden Menschen, mit der alten Frau Severin. Und sie hat eine neue Beziehung zu Mutti gefunden. Kämpfen. Ganz plötzlich begreift Anuschka, was das bedeutet. In diesem Augenblick, unter Wasser, mit tränenden Augen und einem vor Angst wie ein Hammer schlagenden Herzen, begreift sie, daß sie kämpfen kann. Ich werde radfahren lernen! denkt sie. Verrückt, jetzt daran zu denken. Oder nein, doch nicht. Sekunden können sehr lang, sehr wichtig sein, sie können ein Leben umkrempeln. Ja, radeln mit einem Bein. Das werde ich tun. Für Nixe. Für Bixi. Wo ist Bixi? Ich muß sie finden.

Schon wieder wird Anuschka die Luft knapp. Gleich ist ihre Zeit um, gleich muß sie wieder nach oben. Und da... ja endlich... ja, da ist sie ... Da... Eine Gestalt... Ein Mädchen im weißen Badeanzug, schlapp im grünen Wasser schwebend, die Haare ringeln sich wie dunkelrote Algen... Bixi.

Sie sieht aus wie tot – das ist Anuschkas erster Gedanke. Aber ich will, daß sie lebt... ist der zweite. Und dann denkt sie überhaupt nichts mehr. Handelt nur noch. Stößt sich vorwärts, zu Bixi hin, schlingt ihre Arme um die Taille des schlaffen Mädchenkörpers, gibt sich einen Ruck – es wird auch Zeit, ihr Atem ist schon recht knapp – hinauf, nach oben, an die Wasseroberfläche. Es ist leichter, als sie geglaubt hat. Bixi scheint unter Wasser fast gewichtslos. Doch Anuschka wagt nicht, ihr ins Gesicht zu sehen. Sie hat Angst, es wäre das Gesicht einer Toten.

Endlich! Luft, Licht. Ein tiefer Atemzug. Zuletzt hatte sie gemeint, die Lunge müßte ihr zerspringen. Flirrende Sonne, flirrender Wasserspiegel. Himmel über ihr, nicht nur grünes Wasser und Algen. Und jetzt: Bixis Gesicht: bleich, mit geschlossenen Augen, halbgeöffnetem Mund. Die Sommesprossen wirken auf diesem ertrunkenen Mädchengesicht erschreckend... geradezu unheimlich.

Anuschka sieht, daß die beiden Männer, die als erste ins Wasser gegangen sind, sich nähern, und hinter ihnen folgen eine Reihe anderer Schwimmer, alle bereit, ihr zu helfen, ihr die Last des Körpes abzunehmen, der in dem Augenblick, als Kopf und Schultern über der Wasserfläche sind, schwer wird wie Blei.

Anuschka hält Bixi unter den Armen, der Kopf des Mädchens liegt an ihrem Hals. Jeder Meter, den sie mit dem Gewicht Bixis schwimmt, erscheint ihr wie das vier- oder fünffache, denn die Arme kann sie nicht benützen und Kraft hat sie nur in einem Bein. Anuschka spürt, wie sie müde wird, immer wieder taucht ihr eigener Kopf halb unter, steigt ihr Wasser in Mund und Nase. Sie spuckt, hustet. Merkt, wie Bixis Kopf ebenfalls untertaucht. Nein, das darf nicht sein! Wenn doch noch Leben in ihr ist... arme Bixi... warum kommt denn keiner und hilft...? Sie kann bald nicht mehr. Weiter. Das gesunde Bein mit aller Kraft gegen das Wasser stemmen. Schwimmen. Kopf hoch. Bixis Kopf hochhalten. Auch wenn die Arme fast abzubrechen scheinen. Wieso ist die zierliche Bixi auf einmal so entsetzlich schwer... wie ein nasser Sack...

„Gib her, laß dir helfen!" Eine Männerstimme. Zwei Hände, die nach Bixis Körper greifen. Wunderbare Hände, findet Anuschka.

„Schaffst du's allein bis zum Ufer?" fragt der Mann.

„Ja", schnaubt Anuschka mit einem Schwall Wasser, den sie soeben in den Mund bekommen hatte, „alles o.k."

Fast gleichzeitig mit dem Mann, der ihr Bixi abgenommen hat, erreicht Anuschka den Strand. Erschöpft wirft sie sich ins Gras. Sieht und hört nur halb, wie sich die Leute um sie, den Mann und Bixi scharen, wie die Mädchen ihrer Klase verblüfft ausrufen: „Anuschka, du? Ja... aber sie kann doch gar nicht schwimmen..."

Der Mann hat Bixi auf die Wiese gelegt, schaut sich etwas hilflos um.

„Ich weiß nicht, lebt sie überhaupt noch?" stammelt er.

Bixis Gesicht wirkt so ertrunken. Wieder entsetzen Anuschka die flammenden Sommersprossen auf der fahlen Haut. Sie muß sich abwenden, die Augen schließen. Einen Moment nur. Um das würgende Gefühl des Entsetzens niederzukämpfen.

„Lassen Sie mich durch. Sie ist eine Schülerin von mir. Und ich weiß, wie…"

Fräulein Apfelroth ist zur Stelle. Stämmig, ruhig, ein wenig blasser als sonst, aber ihrer selbst sicher und der Situation gewachsen. Man macht ihr Platz. Mit einem Griff hat sie Bixi umgedreht. Nun hebt sie den schlaffen Körper des Mädchens in der Mitte an, läßt ihn wieder sinken, drückt rhythmisch und kräftig. Auf und ab. Auf und ab. Mit festen Sportlerinnenhänden und konzentrierten Augen. Anuschka sieht ihr fasziniert zu. Es muß helfen. Es muß. Es muß. Bixi muß wieder lebendig werden… Anuschka ballt die Fäuste. Alle Blicke hängen an den beiden Gestalten, der festen, bewegten der Lehrerin und der schlaffen, leblosen des jungen Mädchens. Auf und ab. Auf und ab.

„Holt doch einen Arzt!" schreit jemand. Fräulein Apfelroth nickt, ohne in ihren Wiederbelebungsübungen einzuhalten. Ihr Atem geht schwerer. Man merkt, wie anstrengend das ist, was sie tut. Auf und ab. Auf und ab. Noch kein

Lebenszeichen in Bixis fahlem, aufgeschwemmtem Gesicht. Wasser trieft unaufhörlich aus den roten Locken. Wann kommt der Arzt? Vielleicht kann er etwas tun? Herzmassage oder so... Auf und ab.

Da! Anuschka schreit auf, ohne es zu wissen. Bixis Mund öffnet sich und ein Schwall Wasser strömt heraus.

„Bixi!" ruft Anuschka. Bisher war sie im Gras gelegen, um sich von ihrer Erschöpfung zu erholen. Nun springt sie auf, beugt sich über die Mitschülerin. „Bixi!" rufen alle Mädchen in einer Mischung aus Angst und Erleichterung. Wieder ein Strom grünen Wassers aus Bixis Mund. Auf und ab. Fräulein Apfelroth macht keine Pause, sie weiß, was man tun muß, um einem fast Ertrunkenen zu helfen. Bixis rote Wimpern beginnen zu flattern. Plötzlich kehrt die Farbe in ihr Gesicht zurück. Die Sommersprossen sind auf einmal wieder Sommersprossen und keine Male, die Entsetzen hervorrufen. Die Augen öffnen sich kurz. Bixi würgt. Stöhnt. Spuckt. Hustet. Und öffnet endlich die Augen richtig. Ihr Blick irrt im Kreis.

„Mir ist schlecht", murmelt sie. „Was ist los?"
„Sie lebt!" schreit Anuschka.
„Sie lebt! Bixi lebt...!" wiederholen viele Stimmen, erregt, unendlich erleichtert. Fräulein Apfelroths Gesicht leuchtet für einen Moment auf, doch sie arbeitet unentwegt weiter. Wieder spuckt Bixi Wasser. Und dann endlich ist es geschaft. Bixi schaut mit wachen Augen um sich. Fräulein Apfelroth lehnt sich keuchend zurück, läßt die Hände in den Schoß sinken.
„W... w..was? W... as ist los?" stottert Bixi. Sie sieht die aufgeregten Gesichter rings um sich. Einigen Mädchen laufen noch die Tränen über die Wangen. Sie hatten nicht mehr an Bixis Rettung geglaubt. Der Bademeister, der ein wenig hilflos daneben gestanden war, vielleicht verärgert darüber, daß man ihn gar nicht brauchte, fragt: „Soll ich die Ambulanz anrufen? Und einen Arzt holen?"
Fräulein Apfelroth betrachtet Bixi, schüttelt den Kopf. „Nein, ich glaube, es geht auch so. Aber besorgen Sie im Restaurant einen Schnaps, der wird dem Mädel guttun. Und einen Bademantel oder eine Decke."

Bixis Blick wird zusehends klarer. Die Erinnerung an die entsetzlichen Minuten kehrt zurück.

„Ich bin fast ertrunken... nicht wahr?" murmelte sie.

„Ja, Bixi. Aber nun ist alles gut."

Fräulein Apfelroth streicht dem Mädchen mit einer mütterlichen Geste über die noch immer triefenden Haare.

„Bringt mal ein Handtuch!" ruft sie dann den Schülerinnen zu.

Fünf, sechs Handtücher werden ihr entgegengestreckt. Sie rubbelt Bixis Kopf trocken, legt dem vor Unterkühlung zitternden Mädchen ein Tuch um die Schultern.

„Es war furchtbar", flüsterte Bixi. Sie faßt die Hand ihrer Lehrerin. „All das Wasser. Im Mund. In der Nase. Dann im Hals. Und dann überall in mir. Es drückte mich zu Tode. Es erstickte mich. Dieses langsame Ersticken. Ich bin gestorben..." Sie weint. Eine Sturzflut von Tränen schwemmt das Gesicht, das unter den Sommersprossen so klein und blaß ist, mit tiefen Ringen unter den Augen und bläulichen

Lippen. Bixi faßt nach Fräulein Apfelroths Hand. Zwichen heftigem Schluchzen stammelt sie: „Sie haben mich gerettet. Danke. Danke. Wenn Sie mich nicht rausgeholt hätten... dann, dann... wäre ich jetzt tot... eine Leiche im See..." Wild drückt sie die Hand der Lehrerin. Aus den weit geöffneten Augen rinnen noch immer die Tränen.

Fräulein Apfelroth erwidert den Druck der kleinen kalten Hand mit ihrer derben, warmen. Dann nimmt sie Bixi einfach in die Arme: „Wein dich aus, Bixi... das hilft. Aber... hörst du mich? *Ich* war es nicht, die dich aus dem Wasser gezogen hat. Ich habe mich nur nachher um dich gekümmert. Anuschka war es." Sie wirft Anuschka, während sie spricht, einen erstaunten Blick zu, denn sie hat zwar gesehen, wie Anuschka die fast Ertrunkene rettete und erst ein oder zwei Minuten später der Mann dazukam und dem Mädchen die zu schwere Last abnahm, aber sie begreift nicht, wieso das möglich war. Sie erinnert sich nur zu gut daran, wie Anuschkas Mutter vor einiger Zeit zu ihr gekommen war und ihr von der Wasserangst ihrer Tochter erzählt und sie gebeten hatte, Anuschka vom Schwimmunterricht zu befreien. Anuschka – das war immer ein Mädchen gewesen, das versagt hatte. Nicht in allen Fächern, nein, das zu behaupten wäre ungerecht, aber versagt in allem, was Körperbeherrschung und sogenanntes „Gemeinschaftsverhalten“ betraf. Natürlich, sie war durch ihr Kinderlähmungsbein gehandikapt, sie hatte es nicht leicht, und manche sportlichen Übungen waren für sie nicht möglich. Aber sie hatte sich auch nie nur die geringste Mühe gegeben, diese Behinderung zu überwinden. Und sie hatte sich niemals in die Klassengemeinschaft eingefügt, war immer eine Einzelgängerin, eine Außenseiterin geblieben. Spröde und störrisch und manchmal direkt unfreundlich. Jedenfalls hatte die Lehrerin es so empfunden und die anderen Mädchen auch. Und nun ist es dieselbe Anuschka gewesen, die sich mit einem mutigen Kopfsprung vom Fünfmeterbrett ins Wasser gestürzt und die ertrinkende Bixi aus dem See gezogen hat. Wie konnte das geschehen?

Anuschkas Augen und die Fräulein Apfelroths treffen sich, hängen für ein paar Sekunden ineinander. Doch noch ist es nicht an der Zeit, Fragen zu stellen, Erklärungen zu fordern. Fräulein Apfelroths Blick kehrt zu Bixi zurück, die sich gerade aufsetzt, in den Bademantel hüllt, den ihr der Bademeister gebracht hat.

„Anuschka hat dich gerettet“, wiederholt die Lehrerin, „ich glaube, du solltest dich bei ihr bedanken.“

Bixis Augen werden weit. Sie starrt Anuschka an. Und auch alle anderen Augen richten sich auf Anuschka. Die der fremden Zuschauer voller Anerkennung und Neugierde, die der Mädchen der 7b voll Bewunderung und Neugierde. Doch die Neugierde überwiegt, gemischt mit Verblüffung und Ungläubigkeit.

„Anuschka???“ ruft Bixi.

„Ja, Anuschka“, nickt die Lehrerin. „Aber nun trink erst deinen Schnaps. Der tut dir gut.“

„Pfui Teufel!“ schimpft Bixi. Alles lacht. Ein glücklich erleichtertes Lachen. Denn dieses „Pfui Teufel“ zeigt, daß Bixi sich wieder einigermaßen gefangen hat, daß sie wieder ganz ins Leben zurückgekehrt ist, die freche, kesse, schnoddrige kleine Bixi. Sie stürzt den doppelten Kognak hinunter, den der Bademeister ihr reicht. Zieht eine Grimasse.

„Gräßlich!“ erklärt sie dann. Und lacht. Ein wenig mühsam noch, doch es ist schon ein Lachen. Und jetzt richtet sie sich auf. Zu Anuschka gewendet kniet sie im Gras.

„Du...“, fängt sie an. Und verstummt. Ihr bleiches Gesicht wird flammend rot. Bixi weiß nicht, was sie sagen soll. Bixi, die sonst das gewandteste Mundwerk der ganzen Klasse besitzt. Bixi ist zu Tode verlegen. Und Anuschka? Anuschka sitzt da. Wie erstarrt hockt sie mit übergekreuzten Beinen auf der Wiese, blaß unter ihrer Sonnenbräune, die Augen auf Bixi gerichtet. Die Klasse hält den Atem an.

„Du... Anuschka...“ Es klingt heiser. „Ich... ich weiß nicht, wie du es gemacht hast... du konntest doch früher nicht mal normal schwimmen, von Springen und Rettungsschwimmen keine Spur... Aber Fräulein Apfelroth sagt, du warst es, die mich... rausgeholt hat...“

Bixis Stimme wird klarer, ihre Verlegenheit

löst sich. Sie streckt Anuschka die Hand entgegen. „Das war einfach toll von dir... und ich danke dir... ich danke dir tausendmal... obwohl, ich weiß, Anuschka, mit Worten kann man sich für so was überhaupt nicht bedanken... ach und überhaupt..." Spontan, wie Bixi ist, springt sie auf und wirft Anuschka die Arme um den Hals. „Danke, Anuschka!"

Anuschkas Herz klopft bis zum Hals, als würde es gleich zerspringen. Und bei Bixis Umarmung bricht sie in Tränen aus. Sie kann sich einfach nicht mehr zusammennehmen. Es ist so schön... Daß es ihr gelungen ist, Bixi zu retten. Daß alle bewundernd zu ihr hinschauen. Und daß Bixi ihr jetzt um den Hals fällt, so herzlich, so dankbar, so warm... Anuschka schluchzt. Bixi weint gleich mit, ihre Nerven sind doch noch recht strapaziert. Und die Mädchen der 7b klatschen laut Beifall. „Bravo Anuschka!" schreien sie. „Bravo... bravo..."

Fünf Minuten lang sind alle vollkommen durcheinander und sehr glücklich. Anuschka und Bixi merken überhaupt nicht, daß ein junger Mann in Badehose mit einer großen Kamera um den Hals ihre tränenreiche Umarmung filmt und sich von den Mitschülern alles Wissenswerte sagen läßt. Er ist vom Fernsehen und immer im Dienst, sogar wenn er an einem sonnigen Dienstagnachmittag mit einer Freundin zum Baden geht.

Bixi und Anuschka werden sich am kommenden Samstag in der Abendschau bewundern können, und Anuschka wird hören, daß sie ein „tapferes Mädchen" ist, vorbildlich, nicht nur wegen ihres Mutes und ihrer raschen Entschlossenheit, sondern weil sie eine heimtückische Krankheit besiegt hat und trotz ihres Handicaps eine so gute Schwimmerin geworden ist, daß sie ihre Freundin vom Ertrinken retten konnte. Und wieder wird es heißen vor Millionen von Zuschauern: „Bravo, Anuschka!"

Nein, das weiß in diesem Augenblick weder Anuschka noch Bixi. Sie umarmen sich und fühlen beide, daß sich etwas geändert hat.

Bixi, die sonnige, unkomplizierte, die mit jeder Minute mehr ihre gewöhnliche Sicherheit und Fröhlichkeit zurückgewinnt, findet als erste Worte.

„Weißt du, Anuschka“, meint sie, die Nase hochziehend, denn im Badeanzug hat man kein Taschentuch zur Hand, „weißt du, ich glaube, ich muß dich um Verzeihung bitten. Ich habe nie gewußt, daß du so ein prima Kerl bist.“ Anuschka wird rot. „Nein, du brauchst nicht rot zu werden“, ruft Bixi und wirft die nassen Haare zurück, „du *bist* großartig! Du warst nur immer zu schüchtern und zu still, und so haben wir blöden Gänse das nicht kapiert. So war's doch?“ wendet sie sich an die Kameradinnen. So, wie sie bisher einhellig an Anuschka uninterressiert waren, so sind sie nun für das ruhige, schwarzhaarige Mädchen mit dem lahmen Bein begeistert. Für dieses Mädchen, das trotz dieses lahmen Beines die einzige war, die Bixi zu Hilfe kommen und sie vor einem schrecklichen Tod retten konnte.

„Ja, Anuschka ist Klasse!“ schallt es von allen Seiten. Das Rot in Anuschkas Wangen vertieft sich. Sie ist so glücklich, daß sie glaubt zu fliegen, und dabei wünscht sie sich gleichzeitig nichts sehnlicher, als in den Boden zu versinken. Denn all der Bewunderung und all dem

Lob, das nun auf sie, die nie Beachtete, herunterprasselt, fühlt sie sich nicht gewachsen. Es schüchtert sie ein, macht sie verlegen... ach, es ist die schönste Verlegenheit der Welt.

„Du brauchst mir nicht zu danken", bringt Anuschka heraus, als Bixi ihre Umarmung gelöst hat.

„Doch!!! *Doch* mit drei Ausrufezeichen. Du hast mir das Leben gerettet. Anuschka, willst du meine Freundin sein?"

„Ja", kommt Anuschkas Antwort ohne eine Sekunde des Zögerns. „Ja, Bixi, wir wollen Freundinnen sein." Das hat sie sich schon immer gewünscht: Freundschaft mit Bixi, der lebensvollen, sprühenden, lustigen und dabei keineswegs dummen, kleinen, rothaarigen, sommersprossigen Bixi, dem bewunderten Clown der Klasse.

„Bravo!" Die anderen Mädchen klatschen wieder, bereit, in Anuschka eine neue Führerin anzuerkennen.

Fräulein Apfelroth schaut zu, stumm, lächelnd, interessiert und sich ihr Teil dabei denkend. Sie freut sich. Über Anuschka, über Bixi.

Über alles. Und sie grübelt darüber nach, wie gut sich doch manchmal ein Beinaheertrinken auswirken kann. Und darüber, daß sie Bixi keine Vorwürfe machen wird wegen ihres Ungehorsams. Bixi war heimlich ins Wasser gegangen. Noch bevor die Lehrerin die Erlaubnis gegeben hatte, und mit dem vollen Magen nach einem reichlichen Mittagessen hatte sie plötzlich Herzbeschwerden bekommen.

Bixi ist wieder ganz obenauf. „Wieso kannst du auf einmal schwimmen?" will sie nun von Anuschka wissen, die sie freundschaftlich untergehakt hat.

„Ja, erzähl, Anuschka. Der Sprung vom Fünfmeterbrett, der war einfach toll. Und der Kraulstil auch! Wir haben dich beobachtet. Wer hat dir das beigebracht...? Wir hätten nie gedacht, daß du mit deinem Bein..." die Mädchenstimmen schwirren durcheinander. Diejenige, die den letzten Satz gesagt hat, bricht ab. Sie wollte Anuschka nicht beleidigen. Hat sie was Dummes gesagt?

Anuschka spürt, wie die Woge der Freundschaft, der Herzlichkeit sie hochhebt, sie hält, sie warm umfängt. Dieses Gefühl gibt ihr eine Sicherheit, die sie in ihrem ganzen Leben noch nicht gekannt hat.

„Danke, Nixe", und ein Lächeln flimmert über ihr Gesicht. „Eigentlich war nicht ich es, die Bixi gerettet hat, sondern du. Deine Energie, die mich gezwungen hat, schwimmen zu lernen. Du hast mir sehr geholfen, Nixe. Ich danke dir. Und ich wünsche dir, daß du dort, wo du jetzt bist, genauso glücklich bist wie ich es bin... Nixe, liebe Nixe." Sie hat es vor sich hingemurmelt.

„Ja, du schwimmst wie eine Nixe", lacht Babsi, die kleine Dicke. „Aber eine Nixe wird's dir wohl kaum beigebracht haben. Du hast während der Ferien hart trainiert, nehme ich an."

„Schick, in den Ferien so was zu lernen", lobt Katty, die sonst so Kühlkritische.

„Mensch, während wir rumgegammelt haben, lernt die Anuschka nicht nur schwimmen, sondern auch noch tauchen und springen, und das alles mit ihrem Bein..." In Uschis Augen steht ehrliche Bewunderung. „Und ich war drei Wochen in Italien mit meinen alten Herrrschaften und hab nichts getan als Spaghetti gefressen. Vier Kilo zuviel – das ist mein Ferienresultat."

Anuschka muß auf die Frage, wie sie schwimmen gelernt hat, nicht antworten. Die Mädchen geben sich die Antwort selbst.

„Diesen Tag müssen wir feiern!" gluckst Bixi dazwischen, die den Schock nun ganz überwunden hat. „Ich stifte eine Runde Eis. Wer geht es holen?"

Ein paar Mädchen stehen auf.

„Wird gemacht."

„In meiner Tasche ist Geld. Das verprassen wir."

„Sag mal, dein Stil – kannst du uns den nicht beibringen?" fragt Brigitte. Sie ist die ehrgeizigste Sportlerin der 6b, ab heut 7b.

„Ja, das wär eine Idee!" fallen andere ein.

„Und wenn wir einen Klub gründen würden? Einen Schwimm-Klub?" schlägt Bixi vor.

„Prima!"

„Klasse!"

„Toll!"

„Ne Schau...!"

Allgemeine Zustimmung.

„Also einstimmig angenommen“, lacht Bixi. „Damit ist der Klub gegründet. Und Anuschka ist unsere... Klub-Chefin... oder wie sagt man, unser Klub-Vorstand, na, eben der Schwimm-Boß. Du machst doch mit, nicht wahr Anuschka? Handschlag!“

Anuschka nickt, rot vor Freude. Sie nimmt ihr Eis von der rechten in die linke Hand. Bixis sommersprossige Finger und ihre schmalen dunklen treffen sich in einem himbeereisklebrigen Handschlag.

„Natürlich mache ich mit. Wenn ich euch gut genug bin...“

„Klasse bist du!“

Ach, das Leben kann so schön sein! Wenn man etwas geleistet hat. Wenn man Frundschaft um sich spürt. Danke, Nixe! Dir verdanke ich diesen Tag...

Die Mädchen lutschen Eis, blinzeln in die Sonne, wollen von Anuschka wissen, was sie ihnen als erstes beibringen wird. Kraulen? Oder vielleicht besser noch einen eleganten Kopfsprung vom hohen Brett? Gleich morgen könnte man anfangen...

„Fünf Uhr, Kinder“, mischt sich nach einiger Zeit Fräulein Apfelroth in die Unterhaltung. „Der offizielle Teil der Veranstaltung ist hiermit beendet. Wer will, kann natürlich noch dableiben. Wir anderen treffen uns in einer Viertelstunde am Ausgang und radeln gemeinsam nach Hause. Bixi, wie fühlst du dich? Glaubst du, du kannst allein heimfahren?“

Bixi nickt so heftig, daß ihr die Locken über die Augen fallen. „Klar! ich bin wieder o. k. Keine Sorge. Und bitte, sagen Sie meinen Eltern nichts davon...! Ich meine, die machen sich sonst noch nachträglich schreckliche Sorgen!“

„Einverstanden. Aber mit dem Rad fährst du nicht, Bixi. Du nimmst den Bus. Ein bißchen angeschlagen bist du schon noch, auch wenn du es nicht zugeben willst. Dein Rad kannst du ja morgen abholen.“

Bixi nickt. Es stimmt, irgendwie ist sie etwas schlapp. Kein Wunder nach all dem Wasser, das sie geschluckt hat.

„Dann begleite ich Anuschka“, erklärte sie.

„Meinst du, wir lassen euch beide allein nach Hause fahren?“ ruft Katty. „Hast du eine Ahnung! Ich schlage vor, wir kommen alle mit. Wir begleiten unseren neuen Klub-Boß und unsere Gerettete."

Selten war die 7b sich so einig wie heute. Die Mädchen kramen ihre Sachen zusammen, steigen in Hosen und Röcke, stülpen ihre Pullis über oder schlängeln sich unter einem Badetuch aus dem Bikini ins Sommerkleid, weil sie keine Lust haben, sich wie die Erwachsenen in den Badekabinen umzuziehen. Dann großer gemeinsamer Aufbruch.

„Wie soll der Klub eigentlich heißen", überlegt Musch, die eingehakt mit Bixi und Anuschka geht.

Stimmt, darüber haben sie noch gar nicht nachgedacht. Aber einen Namen muß der Klub natürlich haben.

„Unbedingt! Und der Vorstand muß einen Spitznamen kriegen", erklärt Bixi. „Anuschka ist zwar hübsch, aber so lang. Also Kinder, setzt eure kleinen grauen Zellen in Bewegung. Ein Name für Anuschka muß her. Eher gehen wir nicht nach Hause."

Bixis Augen glitzern, ihre sommersprossigen

Wangen leuchten in etwas unnatürlichem Rot. Der Schock hat sie tiefer getroffen, als sie es selbst wahrhaben will. Sie sprudelt über von hektischer Lebhaftigkeit.

Ein Name für Anuschka muß her. Während sie stumm und lächelnd zwischen Bixi und Musch dahingeht – wie auf Wolken, denkt sie, – schlagen die Mitschülerinnen alle möglichen Spitznamen vor.

„Nuschi."

„Blöd!"

„Aki..."

„Saublöd!"

Anuschkas Herz schlägt schmerzhaft hart vor Glück. Sie gehört dazu. Sie ist Mittelpunkt der Klasse, zusammen mit Bixi, die ihre Freundin sein will.

„Oder einfach Anusch?"

„Nein, das ist langweilig."

„Ich hab's!" schreit Bixi auf einmal. Sie stehen an der Haltestelle, warten auf den Bus.

„Nixe! Das paßt. Anuschka ist unsere Nixe. Und der Klub ist der Nixen-Klub."

Die Begeisterung schäumt über. Toll! Sagenhaft! Bixi hat mal wieder die Lösung gefunden. Nixe, das ist es. Anuschka, die Nixe.

Nixe, denkt Anuschka, und das Lächeln, das ihr Gesicht überstrahlt, vertieft sich. Wenn die wüßten! Und wenn Nixe erst wüßte...

Sie tastet in ihrer Hosentasche nach der Muschel und streichelt über die glatte Perlmutthaut.

Liebe Nixe. Ich danke dir. Ich danke dir für so vieles, eigentlich für alles. Du kannst mir glauben, auch wenn ich jetzt eine Freundin habe, vielleicht sogar viele Freundinnen, auch wenn das Leben von heute an für mich schön sein wird trotz meines blöden, dummen Beins, – ich werde dich nie vergessen.

Wo bist du, Nixe? Ich weiß es nicht. Vielleicht bist du unendlich weit weg, in einer anderen Welt. Aber vielleicht bist du auch ganz nah. Vielleicht warst du heute nachmittag im großen See. Irgendwo unsichtbar zwischen den Algen. Vielleicht hast du alles miterlebt. Vielleicht hast du mir sogar geholfen, daß es mir gelungen ist, Bixi zu retten. Und vielleicht weißt du, wie glücklich ich bin... Adieu Nixe...

„Nixe, komm, steig ein. Wir warten auf dich...!“

8000 München 46 · Frankfurter Ring 150 · Wien – Zürich
Titelbild: Haidrun Gschwind
ISBN: 3 505 09193-6
Bestell-Nr.: 9193